新潮文庫

不思議な羅針盤

梨木香歩著

新潮社版

10336

不思議な羅針盤　目次

不思議な羅針盤

1 堅実で、美しい

事情があって関西と関東を行ったり来たりしている。今、関東の住まいにしているのは、古い集合住宅の一室で、敷地の取り方が昭和三、四十年代そのままのおおらかさ、つまり全然洒落《しゃれ》てはいないのだがゆとりがあり、放っておかれた空き地の風情《ふぜい》がそこかしこに漂っている。建物は二棟あって、その周り、ぐるりのほぼ一周が露地である。これ以上ボーダー花壇にうってつけの所はない。初めてこの敷地に入ったとき、英国人だったら、引っ越した次の日からとるものもとりあえず庭仕事に精を出すに違いない、と思わず想像した。だが住まい手は皆常識ある日本人なので、そんな強迫的なDNAに駆り立てられることもない。誰かがふと思いついて、茫漠《ぼうばく》としたボーダー花壇の一画だけ耕し、何かの種を植えたりすることはあるけれど、この長さの全部をトータルに考えた花壇デザインなんて余程本腰を入れたプロでない限り、まず無理だろう。この「ボーダー花壇」は全部同じ広さではなく、藪《やぶ》のようになっているところもあれば、奥の方などは抜け道のようになっているところもある。この抜け道を歩くのが好きだ。タンポポやナズナ、ハルノノゲシなど冬の間は地面にへばりつくようにロゼット状態だったものたちが、日差しに春の温かさが感じられるようになるとむくむくと目覚め、若い葉を起こし、ハコベもやわらかな明るい早緑色《さみどりいろ》の小さな葉をつけ始める。

あるときは、本当にびっくりしたことだが、なんとそういう草々に混じって貝母《ばいも》が咲いていた。貝母は俯《うつむ》いた風情がクロユリに似ているが、アミガサユリの和名の通り、釣り鐘状の花の表はアイボリーの地に薄緑の脈を滲《にじ》ませた品の良さ、内側に紫の網模様が入る。ちょうど表地より裏地の模様に凝る趣味人のようだ。茶花と呼ばれる楚々《そそ》とした少し寂しげな花たちの一つ。種でなく鱗茎《りんけい》で殖えるが、チューリップのように植えた年だけ見事な花を咲かせ次第に葉っぱだけしか出さなくなるものと違い、一度植えれば年々歳々春の訪れと共に確実に芽を出し花を付ける、その点では律儀《りちぎ》で信頼の置ける園芸植物だ。

一体誰が、そもそもの初め、此処《ここ》に植えたのだろう。

危うく踏みそうになった貝母を、思わずしゃがんで両手のひらで包むようにして、ようこそようこそ、永らえて、まあ、と小さく話しかけた。

貝母という花には複雑な思いがある。一本であるときは真《ま》っ直《す》ぐ誰にも何にも依《よ》りかからず生きているのだが、これが数本まとめて花瓶に挿そうものなら、みるみるうちにその巻きひげのような葉っぱが互いに絡《から》み合ってまつわり合って簡単には離せなくなる。本当に、あっという間だ。ビデオの高速撮影を見るようである。以前関西の自宅の庭から採った貝母を数本、一茎ずつ紙で巻き、知人への手みやげに渡そうと旅先へもってきて、ホテルの部屋で彼《か》の花の旅装を解き（つまり紙を外し根元の湿らせたティッシュ等を取り）、うっかりまとめてコップに挿したことがあった。その後の始末の大変だったこと。貝母たちはなんだか此方《こちら》がぞくぞくするぐらいに互いに支え合い抱きしめ合い、ええ、もう二度と離れますまいよとばかり、複雑に絡み合っていたのである。

そうやって依存し合う様がなんだか嫌で、潔《いさぎよ》く一人で生きろ、と諭したいが、そうもいかない事情があるのだろう。莢《さや》が重いので支えになるものを探すため始終アンテナのように巻きひげの触手を辺りに伸ばしているのだという説もある。

自分で何とかまかなえるだけの暮らしをすればいい話ではないか、持ちこたえられるだけの莢を付ければ良いではないか、とも思うが、私も齢《よわい》を重ねて自分の暮らしというものがいつの間にか自分の思いだけではどうしようもないコースを辿《たど》ることもあると分かってきた。

ここ数年、サステナビリティー（持続可能なこと、持続可能性）という言葉をよく聞くようになった。初めてこの言葉を日本語の文章の中に目にしたとき、あ、これ、と、軽い衝撃のようなものを感じた。時代が渇望《かつぼう》している何か、でもその何かがうまく言い得ない、そこが空白になっていて少しもどかしく思っていた何かの、「空白の形」にあまりにもぴったりフィットしたので。この前、こんな感覚を覚えたのは何という言葉だったか。エコロジー？ スローライフ？ それもずいぶん前の話だ。それからももっといろいろあったような気がする。今はそれすら覚えていないが、この感覚は初めてのものでなく、確かに過去にも経験したものであった。だからこそその行く末が一瞬でシミュレーションできて――じきにこの言葉も便利に使い回されるようになるだろう、そしてこの言葉を出した瞬間にすっかり核心的なことを言っている気分になって安心してまた思考が上《うわ》っ面《つら》だけ流れてゆくような事態が起こるだろう、そして消費経済の中に組み込まれてゆくのだろう、等々――すっかりうんざりしてしまうほど、つまり、時代が求める言葉だと感じたのだ。

案の定、アンテナの感度がいい人たちはあちこちで使い始めた。まだ使える。そしてあと数年もしないうちにこの言葉を使うだけですでに時代の流れから取り残されているセンスの悪さが露呈する、そういう指標になる言葉となるだろう。時代は貪婪《どんらん》に言葉を消費してしまう。

けれどそういう危惧《きぐ》はひとまず「明日の憂《うれ》い」として棚上げしておこう。サステナビリティーという言葉は、本来、堅実な、美しい言葉だ。あれもこれもと、欲望の加速のかからない心理的メカニズムのための羅針盤のような。内的にも外的にも無理なく「持続可能な」生活。

貝母は条件が良いと半メートル近くも伸びていくつも花を咲かす。けれどその集合住宅の敷地で、ひっそりと咲いていた貝母は、十センチほどの背丈、たった一輪しか花を付けていなかった。周りに依りかかる何物もなかったようだ。案外こういう状態のときに付ける実は分に相応して小さいのかも知れない。

全く理想通りには行かないけれど、ほんの少し、何かに依りかかったり、耽溺《たんでき》したり、また少し、軌道修正したりして、理想からそれほど大きく離れもしない、「持続可能な」生活。頼るもののあるときは頼り、支えのないときは一人で立つ。貝母には案外、そういう自分に無理を強いない、生活バランスのための羅針盤が備わっているのかも知れない。

どこかの梢《こずえ》で、ジョウビタキがヒンヒンヒンヒン、と鳴いている。今日は麗《うら》らかな散歩日和《びより》。貝母の芽はまだだけれど、ここは彼女の潜んでいる地面、と思いつつ歩く。

2 たおやかで、へこたれない

もう十数年前のことになるが、クリスマス・ローズの小さな一株を、通りすがりの種苗屋《しゅびょう》で買った。露天のように頼りない店舗で、もう今は跡形もなくなっている。

有名な種苗会社は通信販売も手がけるところが多く、そういうところが発行しているカタログには、山野草から珍しい異国の花々、品種改良したものまで写真入りで載っており、思わず取り寄せたものも数多いがどういうわけかとうとうすべて根付かなかった。きっと植える時期にあまり注意を払わなかったせいだろう。届いた端から植えてしまって冬を持ち越せなかった。味わい深い色合いのクリスマス・ローズも、とうとう根付かなかった。なのにその通りすがりに買った、何でもない白のクリスマス・ローズはごく健康に根付いた。が、一年目、二年目、葉だけが茂ってゆく。いっこうに花を付けない。四、五年目辺りからだろうか、一輪二輪と花を付けるようになった。早春の庭に出て、その目立たない花が視野のどこかに入るたび、小さな宝石箱を隠し持っているような気分になった。

そこは最初引っ越したとき、ほとんど庭らしい庭がない家だった。道路の門から玄関まで、普通の家の二階に上がるぐらいの高さがあり、広い階段があった。そしてその横には一台分には広すぎ、二台分には少し無理があるような駐車場が。その上が、コンクリートの広いテラスになっていた。知り合いの設計士に頼んで、そこのスペースを庭にした。土からしみ込む水の排水のため、中央に向かって傾斜を付け、底に埋めたパイプに流れてゆくよう、そして防水も念入りに。土も山の黒土を入れて貰《もら》ったはずが、入ったのを見ればなんだかずいぶん痩《や》せた土だった。数年は土を作ることに費やした。そこから車で三十分ほどの所に住む友人の夫は工芸作家だが神社の神主もしていて、一家はその神社の敷地内に住んでいる。小さいが歴史のある神社で、当然樹木も多く、しかも山に接しているので敷地内に降り積もる枯葉の量が通常思い描く範囲を遥《はる》かに超えている。彼女に頼んで腐葉土を頂くことにした。生えてくる草ぐさも捨てずに土に鋤《す》き込んだ。そういう有機物の分解のためにはミミズも欠かせないと思い、散歩の途中道を横切るミミズに出会ったら割り箸《ばし》で捕まえて、庭に放った。赤ミミズが欲しいのだけれど、なかなかいない、というような話を絵本作家の鈴木まもるさんにしたら、伊豆の下田で奥様の作家、竹下文子さんと畑を作っている彼は、畑の赤ミミズを発泡スチロールの箱に詰めてクール宅急便で送ろうかと文子さんに相談、止《や》めた方が良い、と諭されたのだそうだ。届いた箱を開けた瞬間のシーンを想像し、ほっとしたのが九分、ちょっと残念、が一分、というところだったろうか。

そのように地球の核に通じていない空中庭園とはいえ、周りの助けを受けながら土だけはどんどんふくよかになってゆき、この一画は乾燥した地中海地方、という設定で石灰を大量に撒《ま》いたり（そこはずいぶん機嫌良くラベンダーが育っていった）、ここは湿潤な半日陰（シュウカイドウとかギボウシ）、というように狭い敷地の中で数通りの条件の場所をつくり、そこにあった植物を植えていった。

クリスマス・ローズと同じ店で買ったラズベリーは、先祖返りしたのか植えてみるともっと素朴なブラックベリーと判明した。生食には余りにも酸《す》っぱく、それが功を奏して貪欲《どんよく》なヒヨドリ（桑の実は熟した順に食べられた）には相手にされなかったが、ジャムにするととてもおいしかった。ライラックやコデマリ、クサボケにムラサキシキブ、何より庭の真ん中に植えた桑の木。春になるとまっさきに芽を出し早緑《さみどり》の葉を展開させる、その真《ま》っ直《す》ぐなエネルギーの清々《すがすが》しさ。桑の木に豊饒《ほうじょう》性を見た古代の人の気持ちがよく分かる。

そのようにして年月は過ぎ、クリスマス・ローズは気が付けば毎年その前年よりも多くの花を付けるようになっていた。そしてそれに気が付いた頃、私はすでにそこを引っ越す算段を始めていた。家族にその必要が出てきたことも確かだが、そういうことを差し引いても、昔から何度も引っ越しを繰り返してきた。別にその場所が嫌いになったわけではないのだ。ただ、ある時期を過ぎると視線が次のどこかを探している。定住に対する憧《あこが》れと放浪癖がいつもせめぎ合って、その結果こういうことになる。一所《ひとところ》から積み上げた人間関係や手を入れた家や育て上げた庭木。一所に住んで生活していくというのは小さなひげ根をあちらこちらに張っていくような営みだ。引っ越しは、それらを無理に引き抜くようなもので、年を取るに従って精神的にも肉体的にも次第にダメージが大きくなってきた。そういう負荷を自分にかけてまで次の場所に移りたくなる衝動とは一体何なのだろう。心を砕いて育てた庭木のほとんどは置いてきたが、そのクリスマス・ローズだけはなぜか持ってゆきたいと思い、それから後の引っ越しにも一緒に連れて行った。掘り起こすとき、彼女がいかに強靭《きょうじん》に逞《たくま》しく根を張ってきたのかを思い知らされる。だが、全《すべ》ての根をそのまま移動させることはできず、ほとんど半分の嵩《かさ》にまで切り詰めることになる。これではいけないと思い、次は植木鉢に植えよう、その方がどんなに彼女にとって負担が少ないか、と毎回思うのだが、いざとなると、地中深く根を下ろしたいという私の定住欲求が彼女に植木鉢でなく新しい土地に根を張らせる結果になり、しばらくすると放浪欲求がそこからの無理な移植に耐えさせる。定住と移動が私自身にかかると同じ負荷を彼女にも与えてしまっている。

けれど彼女はそのたび新しい場所でけなげに茎を上げ、葉を起こしてきた。花姿は楚々《そそ》としてたおやかだが、決してへこたれない。積み重ねてきた努力が水泡に帰するような結果になっても、またその場から生き抜くための一歩を踏み出す（自分でそういう目に遭わせておきながら、まあいけしゃあしゃあと、とは思うが）。いつだって、生きていくことにためらいがないのだ。彼女が新しい場所で根付く様子は私に良いエネルギーを与えてきた。失ったものに思いを残さず、ぼろぼろになってさえ、いつもここからがスタートライン、という生き方。

けれど次回からは植木鉢にしよう、と今は思っている。そこに入ることが彼女にとって幸せなのか、本当のところは分からないのだけれど。

3　近づき過ぎず、取り込まれない

小さい頃、田舎へ行くとよく一人で近くの竹林に出掛けた。何かで音を立てるとその音が各々《おのおの》の竹にぶつかって小さなエコーが立つのだが、すぐに枯れた竹の葉に覆《おお》われた深々と柔らかい土や、空気中のマイナスイオンのようなものに吸収されてゆく。だからいつもしんとして静かだ。声を出すとその後なお静かだ。

別にそこに行って楽しいわけではなかった。ただその清冽《せいれつ》な静けさが私の中の何かと妙に響き合ってまるで魅入られたように足が向いてしまう。いわゆる「心地よい」場所によくあるように、陽光が燦々《さんさん》としているわけでもない、かといって暗いというのとも違う、薄緑の紗《しゃ》をかけたような不思議な明るさ。一番最初に入ったとき――物心つくかつかないかの頃、親に連れられて、だろうと思うが――知らずにその竹林の主と何かの契約でも交わしてしまったのだろうか、どう考えても子どもが好んで通うような所ではなかった。しかもそこにいると次第に永久にここから抜け出せないのではないかという不安すら湧《わ》いてくる。

竹林の何にそう惹《ひ》きつけられていたのか、と時々考える。磁場のようなものかも知れない。ではそれはどういう、何が核になった「磁場」だったのか。

人間にもそういうものがある。人にはその人が発する特有の磁場のようなものがあり、それが心地よく感じられると、繰り返しその人の元に通いたくなる。それは（相手もそのことを望んでいたら）幸せな関係性というものだが、困ったことに、心地よく感じられもしないのになかなか抜け出せない、というタイプの磁場もある。

話しているうちになんだかねばねばの蜘蛛《くも》の糸にがんじがらめになってゆくような、その人のいびつな世界観の中に取り込まれ、否応《いやおう》なく自分が視野狭窄《きょうさく》にさせられてゆくような、そういう磁場の影響を受け続けると、監禁されてむりやり薬物中毒にさせられていくような気になる。それから、どう近づいてもまた対等の関係を結ぼうと心がけても、結局小さな所で利用され続ける、陰でうまくしてやった、とほくそえんでいるだろうなあと予想できるような、そういう、人間関係を損得でしか考えられないような人たち。一時的にはその人の人間性を見直し、感激するようなことが起きても、あとでああやっぱり、そういうことだったのかと興ざめするような。そんなことが数限りなく続くと、普通なら遠ざかっていけても例えばそれが職場の上司や同僚であったり家族であったりすると否が応でも付き合わないといけない。これはつらいことだ。

だからといって、すっぱり切ってしまう、例えば職場を辞めて縁を断つ、連絡せず彼ら彼女らと会わずにすむようにする、などということをしても、どこかでまたそういうタイプの人たちとは必ず関わりを持たなくてはならなくなる。天国のような場所はこの地球上にはどこにもないのだ。そんなことを繰り返して悩んだあげく、自分自身のどこかに、そういう凸凹の関係性を結ぶような何かが、確かにあると自覚してくると、ことはシンプルになり、同時にややこしくもなる。

シンプルになる、というのはある種の諦《あきら》めが出来て心穏やかになれる可能性がある、ということ。ややこしくなる、というのは、そういう「結局自分が悪い、身から出た錆《さび》」というような考え方は、実は非常に投げやりで短絡的な思考の帰結で、つまり何も考えなくてすみ、楽で容易なので(だから新興宗教の類《たぐい》でよく用いられる)本人に真実を見極めようとするファイティング・スピリットを起こさせないところがあることである。

そのような「体に悪い磁場」には程度がある。会うたびに嫌な気分になるなあ、というレベルから、このままでは自分の人間性が破壊される、という切迫した危機感をもつものまで。程度に応じて自己防衛力と博愛精神との兼ね合いを取りつつ距離の取り具合を判断していかなければならない。これがエネルギーのないときにはめんどうな作業なのだ。しかも厄介なことにそういう作業が必要なときは、決まって心身共にダメージの大きいときだ。

消耗するだけの人間関係（相性）と分かったなら、出来るだけその人の発する磁場に搦《から》め捕られないようにする。心理的に遠ざかる。必要最小限の関わりで済ますようにする。かといって毛嫌いするというのでもない。完全に切ってもしまわない。彼らがいつか本当に窮地に陥ったらそのときは出来るだけのことをする、という心持ちで。自分は彼らの非常時の助《すけ》っ人《と》である、というふうに自分を位置づけて、あとは可能な限り遠ざかる。一番必要なときに間に合うようにしたらいい。そう思っていれば自分の中で敵対関係やネガティヴな感情が生じることもない。

そう、遠ざかること。

けれど例外もある。苦手なことで消耗もすることだが、どうしてもこれだけは対峙《たいじ》しなければならない、という場合だ。自分の人生のコンテキストではここで引くわけにはいかない、ということが起こったとき。

なんだか竹林のことから書き起こしてずいぶん遠くまで来てしまった。そうそう、私が竹林の静けさにある種の磁場の強さを感じていた、という話だ。

竹林は地下茎でどこまでも増えてゆく。たくさんの竹が生えているようだが実は全体で一つの個体といってもいい。竹の一本一本は同じ遺伝子のいわばクローンで、だから花も同じときに一斉に咲く。そんな事情も、他の雑木林にない、しんとした静けさの理由なのかも知れない。そういう「脇目《わきめ》もふらず」的なゆとりのなさは、一方では悲壮感に近いリリシズムも感じさせ、幼いながらに私はたぶん、「全体主義」の持つ美意識のようなものにすっかり「やられて」いたのだろう。今ならそういうメカニズムも分かる。

様々な方向性を持つ雑多な木がつくりだす場の雰囲気と、一つの方向に先鋭的に深化してゆく場のムード。多様性に溢《あふ》れた前者が健康的で、排他的な後者が病的に感じられるのはたぶん多くの人が納得できることだろうけれど、どちらの「引き寄せる力」の磁場が強いかというと、一概には言えない。それぞれ、そのときの自分の意識の持ちようによって予想もできない力を発揮するものだから。

大人になった今はただ、社会全体が排他的な竹林になるのが怖い。そしてそこから抜け出せなくなるのが。

4　足元で味わう

　高校の頃読んだ小説に、「野山を歩いていてスミレの一株を見つけると金鉱を見つけたような気持ちになる」、という一節があり、それがあまりに言い得た表現だったので、「金鉱を見つけたような」というのは、似たような場面に行き会わせたときつい口をついて出るフレーズの一つになってしまった。

　だが日本の野山を歩いているときよく見かけるのは薄紫か白色のタチツボスミレで、これらはそれほど意外な感じはしない。「あら」、とは思うが、金鉱を見つけたというほどではない。むしろ町中の住宅地を歩いていて道路の亀裂《きれつ》の入ったところ、露地のセメントの割れ目などに慎《つつ》ましく咲いている濃紫の小さなスミレを発見したときは本当に嬉《うれ》しい。それこそ「金鉱を発見したような」気になって、存在のどこかがほくほくと豊かに満たされる思いがする。

小学校の低学年の頃だったと思うが、スミレの花束が重要なモチーフになる少女小説を読み、その主人公の献身や慎ましさ、けなげさ美しさがスミレの佇《たたず》まいと重なり、小さい私は憧《あこが》れたものだ。だが悲しいことに人生経験の浅さ故《ゆえ》、図鑑や絵ではなじんでいたのだが、スミレという花は確か見たことがあるんじゃないかという程度の心もとなさ。そういう早春のある日、遊びに行く途中の民家の竹垣の根本に、ようやっと、という感じで小さなスミレが出ているのを見つけ、最初目を疑い、次にまちがいない、と確信し、それこそ金鉱を見つけたように嬉しかった。しんとしたひと気のない町内で起こった、私にとっては天地がひっくり返るほどの一大事件なのに、それを見つける前も見つけた後も、世界が同じように「眠たげなお昼過ぎ」であることが不思議だった。いかにも冬ざれた竹垣の根本、というシチュエーションもその小さなスミレのけなげさ愛《いと》しさを倍増したのだろう。摘み取るなんて考えもせず、学校の行き帰り、ランドセルを背負ったまま遠回りして、崇《あが》めるようにそれを見に行った。竹垣の根本を暫《しば》く眺めては引き返す。幼いながらにこういう衝動は他人には理解されまいと諦《あきら》めていたので、未《いま》だかつて人に話したこともなかった。通学路でないところを歩いている、と責められたとしても、その理由を言うぐらいだったら、ふらふら遊び歩いていた、と思われた方がまだしも社会は自分を納得し受け容《い》れるだろうと思っていた。社会に対する本能的な怖《おそ》れがあったのかも知れない。

それはともかく、以来、今に至るまでスミレを見つけると嬉しい。住宅街を歩いていてきれいに掃き清められた玄関辺りに、スミレと思《おぼ》しき草だけが抜かずにおかれたりしているのを見つけると、その家の人のゆかしさが伝わってくる気がしてこれもまた嬉しく楽しいものだ。

そういう原体験のせいだろうか、ランなどのゴージャスな花が苦手で、スノードロップや貝母《ばいも》などの釣り鐘形の花に心惹《ひ》かれることが多かった。ひっそりとある、という風情《ふぜい》が好きなのだった。自分を強く主張することもない、他の植物の陰になっていても自分が犠牲になっているなんて思わない、淡々と自分を生き切る、そういう日常の満ち足り方。だから華やかな他の花のように周囲に自分を誇る必要もない。そういう生き方には憧れるが、だからといって全《すべ》ての人がそうであるべき、とも思えない。

最近、映画や翻訳ものなどで「自己犠牲」の類《たぐい》を謳《うた》ったものが目に付くようになった。子どもじみた悲壮美を、ただひたすら盛り上げる手法でつくられた特攻隊の映画とか、他者のために自分を捧《ささ》げ続け、終《しま》いには死んでしまう、文字通りの「献身」を賛美する目的で、新たに翻訳されたオスカー・ワイルドの童話とか。「今の時代にこそこの美しい自己犠牲の精神を」というような謳い文句には目を疑った。自己犠牲は人から勧められて発心《ほっしん》する類のものでもなければ、いわんや強いられるものでもない。早い話が「おまえたち犠牲になれ」と言っているのである。他人に自己犠牲を唱える本人が一番自己犠牲から遠い行動を取っていることも多々ある。政治家といわれる人がこれを言う。例えば国体への献身の姿を「美しい」と言うのなら、今の北朝鮮政府と変わらない。場面によっては自己犠牲と呼ばれる行為に崇高さを感じてしまうことは認める。が、それを声高に叫ぶ姿は醜い。ましてや無意識に自分を支配者階級においているとしか思えない人たちが、国民に向けて叫ぶのは。

ところで「金鉱を見つけたような」というフレーズが出てきたのは、L・M・モンゴメリの『赤毛のアン』シリーズでのことである。私自身は金鉱を見つけたことはないけれど（たぶんモンゴメリも）、自分にとっての素晴らしい宝を掘り当てた感覚、というのは間違いなく自分の中にあるし、多くの子どもたちが体験的に知っている感覚だろう。

ある種の政治家や作家たちが「今の時代にこそ」と利他の精神や自己犠牲を説きたくなる、その「今の時代」という言葉は、つまり「自己中心的な若者が増えてきた」

現代への危機感から出てきた言葉なのだろうし、同じ危機感が教育基本法改正へと政府が動いた大きな原動力とされているが、本当にそうなのだろうか。個人の中の「金鉱」やスミレの芽生えのようなものを大事に育《はぐく》むこと、むしろ徹底して守ることの方にこそ、他者を大切に思う社会への道が開かれていたのではなかったかと思う。

今住んでいる集合住宅で最初の春を迎えた頃、敷地内にまるで休耕田のレンゲソウのように白い花が群れ咲いた。地味だが清楚《せいそ》な花で、私にはその姿に思い当たるところがあった。しかし、それはこんな日常的な場所で出会えるとは思えない花だったので、まさか、と思った。しかし敷地内を通るたびその疑問はますます大きくなるばかりだった。昔英国の廃園で、文字通り星が乱れ散ったように咲いていた、その花の名前は「スター・オブ・ベツレヘム」、ベツレヘムの星。東方の三博士をキリストの生まれた厩《うまや》に導いた星が、幾千もの輝く小さな星になり、野に散った。それがこの花になったという伝説がある。その後敷地内の花に詳しい方とお話しして、この花が紛れもなく「スター・オブ・ベツレヘム」だと分かった。そもそも彼女が縁故を頼って入手し、そこに植えたのであった。嬉しくて嬉しくて、思わず彼女の手を取らんばかりにして喜んだ。

「金鉱」は日常という草むらに、散り撒《ま》かれた星のように慎ましく隠れている。
今年もまたその美しさを味わえると思う、この幸せ。

5 ゆるやかにつながる

三月末の北薩路《ほくさつじ》を、東から西へ横断するようにして車を走らせた。山深い峠を上り下りするとき山桜のぼんやり霞《かす》んだような丸い白雲が、あちこちに浮かんで美しかった。うすら明るいぼんぼりをぽつぽつと灯《とも》したようだった。

出水《いずみ》に行こうと思い立ったのは、二月から次々に続いたツル・北帰行の、その最後に残ったツルたちを見たかったからだ。

出水のツル観察センターの辺りに行くと、暖冬の影響だろう、もうレンゲの群れ咲く干拓地でナベヅルの群れがのどかに餌《えさ》をついばんでいる。私の立つ足下にはキュウリグサの薄青やキツネノボタンの黄色、タネツケバナの白、こぼれ咲くレンゲの濃いピンクで、今年の桜前線のように順番も何も無視した春がなんだかみっしりと充溢《じゅういつ》していた。春を呼びかけるその号令はもう静かに狂い始めているのに、呼びかけに応《こた》える側はこんなにも律儀《りちぎ》に与えられた仕事をこなそうとしているのだった。

センターはすでに例年通りの閉館期に入っていたが、市内にツル専門の資料館のような建物があり、そこに夜間のツルたちの様子を赤外線カメラで撮ったビデオを見せてくれるブースがあった。

ツルたちはアフリカのフラミンゴのように片足で立ったまま眠る。いざというときにすぐに行動に移すことができるように。上げている方の足は高い位置で直角に曲げ、首は後ろ向きで羽の中に嘴《くちばし》を納める。片足を持ち上げるのは体温調節のためである。立っている場所は水場が多い。敵が来たときすぐ音で分かるようにだろう。出水ではそういう生活習慣を持つ彼らのために浅い水場を作っている。

ビデオを見れば、私のように眠りが浅く、ちょっとしたことですぐに首を上げるツルもあり、深く嘴を羽に埋めて寝入っている静かな木立のような仲間の間を、落ち着かない様子で歩くものもある。集団行動をとるからといって、クローンじゃあるまいし、やはりいろんな性質の個体がいて当たり前なのだ。

みんなが同じ目的で同じように行動する。

松村みね子の筆名を持ち、アイルランド文学の翻訳家でもあった歌人の片山廣子《ひろこ》

（※）の随筆集、『燈火節』（月曜社）を久しぶりに読み返していたら、彼女が戦時中、町会から自宅の広い庭をいざというときの貯水池に提供してくれと迫られるところがあった。中流階級の良妻賢母として名高い才女、一時華やかな文学サロンの女王のように見なされていた彼女は、当時身の回りのことをするお手伝いさんと二人で、表向きのことからはすっかり退いて広い家にひっそり暮らしていた。彼女の本質は、写真を撮られることも人前で目立つことも嫌いな「孤高の人」、本人の言葉を借りれば、「むづかしい」人間なのだ。いずれにしろ、群れることが一番苦手なタイプなのである。だが時代は「一億一心火の玉だ」「贅沢《ぜいたく》は敵だ」等をスローガンに、否《いや》が応《おう》でも国家に対する忠義を求めてくる。つまり、同じ価値観で群れることを求めてくるのだ。個人の庭に町会の貯水池を掘るなどという異様なことが提案された背景として彼女は、「……町会の人みんながひどくのぼせて愛国の気持になつてゐたから、何の働きもできない私のやうな女までも、何か好い仕事をさせてやらうといふ真面目な気持も交つてゐたらしく」、と書いているが、もちろん、町会が彼女にそれを強いたのはそれだけが動機ではないことは行間から見え隠れしてくる。「かういふ話を私ひとりでがんばつて受けつけないでゐれば、一億一心といふマトー（筆者註・モットーの意）にはづれるのだから、町会から少しぐらゐ意地わるの事をされても仕方がなかつた」。この話を受けてくれるよう懇願に来た町会長は、この先焼け出される人々が増えてくれれば、お手伝いさんと二人静かに暮らしてきたこの家に、二十人三十人の人が押しかけて共同生活を強いられることになるかも知れない、庭の方を提供していれば、そういうことも免除して貰《もら》えるだろう、とも言い出し、そうなれば「私にとつては怖いほどの一大事」と、彼女は貯水池の方を引き受けてしまうのだった。ついに隣組の各家庭から一人ずつ（男子は昼間の勤めがあるから）、全《すべ》て主婦か若い娘さんが穴掘りの奉仕にかり出されて彼女の庭にやってくる。最初の日だけで三百八十名ほどの人数がやってきた。午前九時から午後五時まで、勇ましい黒の防空服の彼女たちが大きなシャベルで土を掘ったり運んだり、庭のあちこちの木々の下で七輪を据え、お茶を沸かしたりしている様を、彼女は家の中に隠れるようにしてそっと障子の中から眺める。静かで平和だった庭は、すでに戦場のようである。

非常時の名のもとに一律に同じ価値観を要求され、その人がその人らしくあることが許されない社会はすでに末期症状を呈しており、いずれ崩壊の日も間近という事実を、私たちは歴史で学んでいるはずなのに、最近なぜかまたそういうことが繰り返されそうな、いやな空気が漂っている気がする。

人もまた、群れの中で生きる動物なのだから、ある程度の倫理や道徳は必要だが、それは同時にその人自身の魂を生かすものであって欲しいと思う。できるならより風通しの良い、おおらかな群れをつくるための努力をしたい。個性的であることを、柔らかく受け容《い》れられるゆるやかな絆《きずな》で結ばれた群れを。傷ついたものがいればただそっとしておいてやり、異端であるものにも何となく居場所が与えられ生きていけるような群れを。ちょっとぐらい自分たちと違うところがあるからといって、目くじらたてて「みんなこうしているのだから」と詰め寄り排斥にかかることがないような群れを。

ツルは大きな群れで休むが、日中餌を探しに行くときなどは四羽を基本とする家族単位で行動することが多い。その家族も、渡りの途中、何となくばらばらになり、目的地に着く頃にはゆるやかに散っていくらしい。といっても渡りは大変な危険も伴うので、一羽で敢行されることはまずない。大勢でまとまる群れの存在は、その個体にとって必要なのである。

あのツルたちは、雪野原がもうレンゲの咲くような春めいた野になるまでなぜ出発を遅らせていたのだろう。群れの中のどこかの家族に、少し待てば回復する程度、弱ったツルがいて、その快癒を待っていたのだろうか。そうであれば嬉《うれ》しい。

※佐佐木信綱に師事した歌人。「心の花」に歌文を発表。大正五年第一歌集『翡翠《かわせみ》』を刊行。旧派歌人的残滓《ざんし》を脱した理知的な歌風を樹立。一方、アイルランド文学に親しみ、松村みね子の筆名で翻訳も。また、芥川龍之介の詩「相聞《そうもん》」の対象として知られ、堀辰雄の『聖家族』のモデルとされた。

6　みんな本物

春から初夏にかけて、日本では山菜採りに出掛ける人が多くなる。冬を越して太陽の光が次第に強く降り注ぐようになり、草木の芽生えを促進する。そういう気配が人を山に誘うのは洋の東西を問わないようで、この季節、ヨーロッパでは野生のアスパラガスを採りに野山へ向かう人が出てくる。栽培されているものと較《くら》べ、野生のアスパラガスは（ヨーロッパでも地域によってその姿形は違うが）ひょろひょろと細いシャープペンシルほどの太さだが、遥《はる》かに野趣とコクがあるのは、日本の栽培されたフキやミツバとその野生種との関係と同じだ。彼《か》の地の市場では束になって売られている。日本に野生のアスパラガスはない、とばかり思っていたから、幕末から明治の初めにかけての北海道紀行エッセイともいうべき本（『蝦夷地《えぞち》の中の日本』トーマス・W・ブラキストン　八木書店）を読んでいて、「野生のアスパラガスを見つけた」という記述にぶつかったときは、ずいぶんざわざわと血が騒いだものだ。その本の著者は、北海道の開拓が始まるか始まらないかの時期、函館に居住していたブラキストン――津軽海峡を境に動植物の種類の分布がまるで違う（現在その境界はブラキストン・ラインと呼ばれる）という説を発表した――である。商人であったが当時の英国知識人らしくナチュラリストとしての目を持っていたので、その紀行文も北海道原野の動植物の様子が細かに記されていて興味深い。今からざっと百五十年ほど前のことだ。

北海道・富良野《ふらの》の演習林に勤務しておられたSさんにお聞きしたところ、それはたぶん、「キジカクシ」でしょう、とのこと。ふわふわとしたシダのような植物で、文字通りキジを隠すように生い茂るのでその名がある。アスパラガスを育てたことはないが、栽培種のアスパラガスも放っておいたらあのような葉が茂るのだろうと合点した。ブラキストンが当時それを見つけたとして、今でも北海道に普通にあるのかしら、その芽はあの野生のアスパラガスのようなのかしら、と山歩きをする北海道在住の知人たちに訊《き》いてみたところ、誰も覚えがないという。キジカクシ自体は知っている人もいたが、それが芽吹くとき、地面から出てくるときの、ひょろひょろしたペンシル状のもの、とまで限定すると、皆、さあ、と首を捻《ひね》るのである。そうこうしているうちに、前述のSさんが演習林勤務から東京・本郷の研究室に戻られた。「野生のアスパラガス、野生のアスパラガス」と騒いでいた私のことを忘れずにいて下さり、しばらくして「北海道から送ってもらう小包に、キジカクシも入れてもらいましたからお渡ししましょう」と連絡をいただいた。やってきたキジカクシが旅の疲れも見せず、根っこまで大事にみずみずしく保護されていたのは、きっとSさんのお宅を経由してくるとき、最初の旅装を解かれ、奥様の手によって新たに運搬に傷つかぬよう心配りがされたのだと思われた。彼の地ではきっと雑草のように生い茂っているのだろうに、人々の手から手へこんなに大事に渡していただいて、やっと対面できたキジカクシは繊細なお嬢さんのように頼りなげだった。

Sさんは、研究者で、かつ、いかにも教職にある人らしく拡大鏡をお持ちになり、キジカクシの枝分かれしているところについている、米粒のようなものにそれを当て、「キジカクシはユリ科の植物です。アスパラガスもそうです。これが花なんですが、生意気にユリの形をしています」と教えて下さった。その米粒のようなものは、本当にユリの形をしていた。栽培種のアスパラガスの花も、同様らしい。

大喜びで自宅に持ち帰り、植木鉢に植え、株の中の次の芽立ちを待ったが、どうも、ペンシル状にはならず、すぐに葉の形に開いてゆくようだった。ブラキストンはやはり、この葉の群生しているところを見て、野生のアスパラガスの葉の繁茂しているところを思い出したのだろう。そのことは分かったが、なんとも諦《あきら》めきれずに、ふとややわとしたその葉先をつまんで口に入れた。すると、まごうかたなきアスパラガスの味がするではないか。匂《にお》いはごまかせない（ごまかしているつもりはなかっただろうが）。そしてその花の形も。

薫り高い「木の芽」として日本人に愛されているのは何と言っても山椒《さんしょう》だが、九州の野山を歩いていると、植物としてのサンショウの木の仲間を見つけることがあった。見かけることが多いのは本種よりも一回り葉が大きく繊細さを欠くイヌザンショウの方である。それが本物とは違う劣ったものとして、イヌ、という名前を付けるのは犬に可哀想《かわいそう》な気がするが、ああ、これはイヌザンショウだ、臭い、という人を実際何人か見てきた。私自身はイヌザンショウを臭いとは思わないが、ただ、サンショウよりも柑橘《かんきつ》系の香りが強いように思う。サンショウの仲間はミカン科なので、よりその特色が出る質《たち》なのだろう。欧米の人々は香辛料としての山椒の香りや味が苦手だけれど、案外イヌザンショウの方はレモン系の好ましいハーブとして、歓迎されるのではないかとも思う。

キジカクシやイヌザンショウも、自分が本物とか偽物《にせもの》とか、何の仲間とか、何に似ているとかいう分類には露ほどの関わりもなく生きているのは、私たちが普段日本で生活しているときに、日本人とかモンゴロイド、とか意識しないでいるのと同じだろう。

西洋でも東洋でも、植物のように出自をたどれば同じ仲間、という表だっては見えない太い繋《つな》がりは、実は地下茎のようにあらゆるものにあるのに違いない。ものの見かけや人々の趣味嗜好《しこう》も、少しずつ違うけれどもその地下茎に当たる部分が探り当てられれば、遠い親戚《しんせき》のような親しみが湧《わ》くのだろう。その親しみや類似性の方に心を寄せていくとなんだか人種間の違いさえ楽しい。みんな自分の本物なのだ。深く出自をたどれば、「表面的でないグローバル」の側面がまた見えてくる。

キジカクシの方は、それから折々大事にハーブのディルのようにサラダ等に散らして使った。ポテト系の白っぽいサラダには特に緑が映えて美しかった。いろいろな興味が自分の五官に結びついて納得できたときの満足は、また格別に深い気がする。

7　近づき過ぎず、遠ざからない

住んでいるところが丘陵地にあるので、下の通りに向かうにはいくつか選択肢があるのだが、いずれにしろ坂道を下りないといけない。最短の（つまり一番利用頻度の多い）近道は細い路地で、そこは初秋になると通路側に伸びた栗《くり》の木の枝から、まだ青いイガ入りの栗の実がぼとんぼとんと落ちてくる。私はかろうじてその難を免れているが、運悪く頭にその直撃を受けた通行人もいるに違いない。梅雨に入る頃には、そこに栗の花が落ちる。路地に栗の花が落ちているのが目に入ると、ああ、もう今年も梅雨入りだ、という感慨が湧《わ》く。

昔、栗花落と書いて、つゆりと読ませる姓の知人がいた。つゆいり、の略だろう。会釈《えしゃく》を交わす程度で、話す機会はほとんどなかったが、風雅な名前、といつも思っていた。

今日の夕方、その栗の花の落ちている路地を通り、出先から帰ってくると、住んでいる集合住宅の横の細長い空き地で、スズメが数羽何やら騒いでいる。どうも砂浴しているようだ。

そこはもともと、ギョウギシバやらカタバミやらが生えていたのだが、数日前、草取りの人が入ってそれらが抜かれ、露《あら》わになった土に直《じか》に陽が当たるようになり、最近の晴天続きですっかり乾いてほこりっぽくさえなっていた。

私が近づくと、スズメたちはさっと飛び去った。お椀形《わんがた》の穴が数ヶ所、乾いた地面に出来ており、ここに体を突っ込んでいたかと思うとその小さな窪《くぼ》みが愛《いと》おしい。また数メートル歩いたところで振り向くと、やはり彼らは戻っていて両翼を大きく広げて羽ばたくように砂を浴び（羽に付いた小さな虫などを落としているのだろう）体をくねらせている。しばらく夢中でやっていたが、私が見つめているのに気づくとさっと近くのフェンスまで飛んでいった。こちらを見ている。知らんぷりをして角を曲がる。それからそうっと戻ってのぞくと、やっぱり帰っていた。もう邪魔はするまい。

そういえば、ドバトが砂浴しているのも見たことがある。交通量の激しい道路の側道だった。暗い高架下の、少し盛り上がった場所に土のスペースがあり、そこで十羽近くが盛んに体を揺らしながら穴を掘っていた。私との距離は、一メートルあっただろうか。ずいぶん近くだった。通行人には慣れていたのだろうが、その落ち着き払った様子はこちらをわざと無視しているようでもあり、目が合えば数を頼み居直って攻撃しそうな気さえして、立ち止まって見学するつもりにはなれなかった。たとえ彼らのすぐ横に立ったとしても、彼らがそれでバタバタと逃げ去るようには全く思えなかった。私の、つまり通行人のことなど眼中にないのである。

そう、こういうふうに相手のことを全く無視してしまえば、距離のことなど考えなくてすむ。スズメのように距離をとったり、遠ざかったりされるのは、むしろ自分の存在を重く受け止めていてくれるからなのである。

距離の取り方というのは難しい。

友人の家の玄関ポーチに、毎年ツバメがやってくる。ある年何かの事情で友人たちはその巣を落としたらしい。南の国から帰ってきたツバメ夫婦はあるべき所にあるはずの家がないので、明らかに憤懣《ふんまん》やるかたないという様子で、留守中の管理人（友人のことである）にさかんに文句を述べ立てたらしいが、やがて気も済んだのかまたせっせと巣を作り始めたという。たまにその巣の卵や雛《ひな》を狙《ねら》ってカラスがやってくる。この気丈な夫婦はもちろん果敢に立ち向かうのだが、不思議なことに、必ず援軍の四羽のツバメが現れ、六羽で立ち向かうのだそうだ。それが不思議なの、どこから出てくるのか。いつもは二羽なのに。警戒音を発して非常事態宣言をするんじゃない？それでみんなが駆けつける、いや飛びつける……。でも、本当にすぐ、なのよ。どこかでスタンバイしているとしか思えないほど。う〜ん……。

その援軍のツバメたちはもしかしたら昨年、一昨年に巣立った雛たちなのではないだろうか。それで、分家のように近くに巣を作る。最初から誰かのSOSが聞こえたらすぐ駆けつける（飛びつける）ことができるぐらいの距離に。

スープのさめない距離ならぬ、悲鳴が聞こえる距離。何かに感激して出す嘆声も、思わず吹き出す笑い声も聞こえないけれど、うんざりしたため息も、がっかりしたときの舌打ちも聞かずにすむ距離。距離の取り方にはいろいろある。

これだけ人口密度が高くなって巷《ちまた》には人が溢《あふ》れているのだから、単純に考えればもっと濃密な人間関係が増えても良いかと思うが、人と人とのふれあいが希薄になった類《たぐい》の話ばかり耳に入る。北海道の開拓期の思い出を書いた本で、何ヶ月も家族以外の人間と会わずにいると、誰かが訪ねてきてくれるのが（たとえ脱獄犯かも知れない、と思っていても）うれしくてたまらない、自分たちの食べるものを我慢してでもごちそうした、という話を読んだこともある。

だが人と人との関係は、近ければいいというものでもなく昨今家族間の殺人がニュースで目立つことからも、その難しさが分かる。けれど遠ければいいというものでもあるまい。

君子の交わりは淡きこと水の如《ごと》し、ということわざがあったけれど、これもまた距離の取り方のいろいろを言っていたのだろう。

インターネットやEメールでは思いも掛けない近づき方が可能になって、言葉の行き違い、すれ違いの上にまた幾重にも誤解が重なり、身動きがとれなくなることがある。人と人との間には、それぞれとの相性によりちょうど良いくらいの距離、というものがあるのだろう。家族も同様。あのドバトではないけれど、知らずにとんでもなく無遠慮なことをしてしまう危険もある。

そして近づく機会のない人とも、その距離、それ自体を慈《いつく》しみ、いつまでもキープしていく。

たとえば、あれは栗花落さん、と遠くから会釈して、その名を思い浮かべてうれしくなるくらいの、そういう距離を。

8 世界は生きている

よく演劇として上演されるロシアの児童文学に、『森は生きている』という作品がある。森とは、一つの世界だなあ、とその作品に触れるたび思った。

所用があって、清里へ行った。

森に入るとカッコウの声があまりに頻々と、そして間近く朗々と響くので、なんだかどこかに拡声器が仕込んであるのではないかと思うほどだ。カッコウだけではない。ホトトギスも、同じような木々の梢《こずえ》に近い高い場所で、テッペンカケタカと声を張り上げる。そしてもっと低い位置のどこからか、ウグイスが、これは春本番のホーホケキョではなく、中途半端《はんぱ》に忙《せわ》しなく鳴いている。それ以外にもムシクイの仲間の声、カラ類の声、ハルゼミの声と、梅雨の晴れ間、ほとんど初夏に入ったと言っていい明るい緑陰の森は、本当ににぎやかだ。

たまに森に足を運ぶ人間として、私はこのさんざめく空気を楽しんでいるけれど、ここはまた生き物にとっては一瞬一瞬が気の抜けない真剣勝負の生活の場でもある。

たとえば、カッコウやホトトギスは托卵《たくらん》をたくらむ習性の鳥たちだ。カッコウはその托卵相手のモズやムシクイと同じ「ウズラの卵」柄の卵を産むし、ホトトギスはウグイスと同じ赤い卵を産む。托卵される側は托卵されて良いことなど一つもない。自分の巣にいつのまにか他人の卵が混じり、一緒に温めるのは良いにしても、ほとんど必ずその卵の雛《ひな》の方が先に孵《かえ》り、本来の自分の子である卵を落とされたり雛を殺されたりするのだから。しかもその養い子が自分より大きくなっても、旺盛《おうせい》な食欲を見せるその子のために汗水流して餌《えさ》を運ばねばならない。ここまでして育てても、自分の後継者として、たとえばホーホケキョとは鳴いてくれない……。けれど、どうしても、つい、育ててしまうのである。この辺りが実に不条理に満ちている。途中で明らかにこれは自分の子ではない、と気づかないのだろうかと思うが、大きく育つ分には嬉《うれ》しくてたまらないらしいのである。なんとなく、自分を超えた感じが満足を与えるのだろうか。

ウグイスたちも、いったん産み付けられたらおしまいだ、もう自分自身の制御がきかない、死にものぐるいで育ててしまう、ということがさすがに分かってきて、抱卵の最中にカッコウ類の鳥がやってくると、今、ここが天王山とばかり、さかんに警戒して追い払うのだが、カッコウたちも抜け目なく巣を見張り、親鳥が巣を留守にしたほんの僅《わず》かな隙《すき》に、驚くべき速さで産み付けてしまう。彼らの繁殖の鍵《かぎ》はその一点に掛かっているから、それが成功するためには（育児にかかわらない分だけ）神経を使う。ウグイスたちが巣作りをしている頃から、めぼしい養い親を細かにチェックしているらしいのである。産み付けた後は知らんぷりらしいが、ときどき子育ての様子を見に来ていると思われる実の親もいるらしい。

本当に産みっぱなしなのだろうか。

もしかして、カッコウやホトトギスがこんなにさかんに鳴くのは、里親に育てられている実子に、正しい先祖伝来の鳴き方を伝授するため（というのはまだ証明されていない私の勝手な憶測だが）かも知れない。育児は放棄しても教育の面ではうるさい親なのかも知れない。

さてハルゼミであるけれども真夏に鳴くセミと違い、四月から六月までの間、力の限り鳴く。鳴き過ぎて（たぶん）夏本番が来る前に寿命が尽きてしまう。

森の外れでは、また鳥や動物の声とは別の、かぁーん、かぁーんという「ししおどし」のような音が響いている。これはのべつまくなしに鳴くハルゼミたちに黙ってもらう、またはどこか場所を移動してもらうため、人間が木を叩《たた》いている音である（それでもがんばって鳴く相手には、巨大な水鉄砲のようなもの——水は出ないらしいが——で強制的にどいてもらう）。ここでは映画のロケーションが行われており、効果音以上にうるさい森の音が——有り体に言って——邪魔なのである。

——この間も、主人公がせりふを言い終わった途端、待っていたようにカッコウが鳴いて……。あまりに、出来すぎていて……。

映画制作スタッフの方が思わず呟《つぶや》いていた。こういうスタッフの方々の真摯《しんし》さが、静かな場面では森にも鳴りをひそめていて欲しいと思う、「ししおどし」にもなるのだろう。そういう事情を、カッコウは知らない。人間の方もカッコウの事情を知らない。ウグイスは必死で他人の子を育て、ハルゼミは繁殖可能な短い時をただただ力の限りに鳴く。

拙著『西の魔女が死んだ』の森は、暗い照葉樹や明るい落葉樹、おまけに孟宗竹《もうそうちく》まで混在する南っぽいカオスの森であったけれど、ここは本当にさわやかな標高の高いところに位置する森だ。その差異はまた、原作と映画の差異そのものでもある。それは混じり合うことなく、ただ、部分的に重なる。映画を観《み》る人は視覚的な美しさもまた、堪能《たんのう》できることだろう。

生き物それぞれの思いが複雑に錯綜《さくそう》して重なり合い、一瞬接触してかかわっては離れ、また遠く隔たる。カッコウが、ホトトギスが、ウグイスが、ムシクイが、ハルゼミが、そしてその他無数の生き物とそれぞれの人間が、森という一つの現場をそのとき生きていた。これを敷衍《ふえん》した、刻一刻と様相の変わってゆく「生き物の現場」を、きっと「世界」と呼ぶのだろう。

9 「スケール」を小さくする

以前この連載でふれた片山廣子の『燈火節』(月曜社)の中に、

「冬の葱《ねぎ》だけは都の西北の畑には貧弱なものしか出来ない。大森や池上あたりの白根の長いあの豊かな味のものは手に入りにくい……」

という一節があった。


彼女が長年住み慣わした東京・大森から、戦中戦後にかけて移り住んでいた「都の西北」浜田山までは地図上の直線距離にして約十六・七キロ。彼女が晩年出した歌集『野に住みて』の野とは、浜田山のことであり、今では「若者で賑《にぎ》わう町」吉祥寺《きちじょうじ》よりも更に都心に近い場所にある。そこは当時、開発が少し遅れていて、駅近くに広い草原があり、畑が広がり、また古い木々が山のようにそびえ立っていたという。風雨のある夜は、武蔵野の真ん中で野宿しているような気になったそうだ。それにしても十六・七キロ。車ならあっという間である。

この話で感慨深く思うことが二つある。一つは今の流通システムの発達とそれによるあらゆる方面への全国画一化の流れ。今私たちは当たり前のように「北海道産のジャガイモ」「高知産のショウガ」「宮崎産のピーマン」を手にし口にし、地域による野菜の特色などほとんど考えることもない。当時の地域野菜が誇り高く栄えていたこと、それは案外「不便」ということに守られていたのかも知れない。今は地元産のものが食卓に上る方が珍しい。便利さは、複雑さ多様さとは並び立たないものなのだろう。

もう一つは、彼女の生きていた現実世界のスケールの小ささと、そのことがどんなに世界に細かな陰影を落としていたかということ。歌人であり、かつ英語に堪能《たんのう》で、アイルランド文学の翻訳で有名だった彼女だが、生まれ育った東京と後に別荘を持つ軽井沢の往還ぐらいで外国はおろか日本すらほとんど旅行したことがなかった（嫁いだ娘のいた仙台には数回足を延ばしたらしいけれど）。父親は外交官であったし、幼い頃からミッション系の女学校で外国人教師と共に寄宿舎生活をしていたから、異国の風物については普通の人以上になじみがあり、留学の機会も彼女さえ望めばたやすくかなえられたと思うのに。しかし、彼女の翻訳文の見事さは、そのスケールの小ささがかえって細かな陰影のニュアンスを引き出しているところにある。外国に足を運び、生身の体に余計な情報を入れる必要などなかったのでは、と思われるほど一つの世界として彼女の内界に、例えば神話世界の「アイルランド」が、確立しているのだ。

大森にいた頃のエピソードとして、突然見知らぬ老人が彼女の屋敷を訪ねてくる話もある。取り次ぎに出た少女は老人に持参の短冊《たんざく》を渡され、用向きはそこに書いてあります、と言われる。短冊には「たづね寄る木の下蔭やほととぎす鳴く一声をきかまほしさに」と書かれている。当時すでに名のある歌人であった彼女に、同じ歌詠《うたよ》みとして面会を求めたのだ。つまり「ほととぎす」とは彼女のこと。彼はその一枚の短冊を渡すことにより、自分の素性と歌の力量と、彼女に対する敬意をあますところなく伝えていた。彼は座敷に通され、風流の道の求道者としてそこで初めて楽しく会話が始まる。それからたまに訪ねては彼女との交流が続くが、あるときからパタッと姿が見えなくなる。彼女は折々その老人のことを考えるが、「はがきのやりとりをするというふほどの現代風もおじいさんと私の交際にはないことだつた」。

「はがきのやりとり」が、ここでは「現代風」なのである。今では「はがきのやりとり」すら、すでに廃《すた》れつつあるというグチすら、もう詮《せん》ないことなのでこぼす気にすら、なれない。誰を責めているのでもない。どれもこれも自分も少なからず恩恵を被《こうむ》り尻馬《しりうま》に乗り、加担してきた道なのだから。とりあえずメールで、ということになりがちな自分を悲しく省みている。

ここ数年で、私のはがきの使用量は劇的に減った。美しい記念切手が発売されているのを見ると昔の癖でつい買いためてしまうが、使われないので増える一方である。ちょっとした礼状に、季節の切手を組み合わせ、あるいはその人の好みそうな切手、絵はがきの場合はそれに合わせ、と、はがきと切手を選ぶことは、それなりに楽しい作業だった。それもこれも、年上の友人や先輩たちに触発され、また喜んでいただく顔を思い浮かべていたからこそである。そこに、大げさに言うなら、私の「表現」があったのだ。もちろん短冊による相聞歌《そうもんか》などとは較《くら》べるべくもないけれど。はがきは速達でもない限り、相手の手元に着くまで数日かかる。メールなら、瞬時だ。忙しさのあまり便利さを選ぶ心に、風流の棲《す》みつく場所はない。

世の中のスケールがどんどん大きくなることに、最近なんだか疲れてしまった。グローバルに世界中をまたに掛けて忙しく仕事をしている人たちの、大きくはあっても粗雑なスケールにも。もちろん、その中にあって、きちんと日々の生活を見つめて丁寧な暮らしを送っている、稀有《けう》な人たちもいるけれど、それを持続させるのは生半可な努力ではないだろう。

距離を移動する、それだけで我知らず疲弊してゆく何かが必ずあるのだ。このマクロにもミクロにもどんどん膨張している世界を、客観的に分かろうとすることは、どこか決定的に不毛だ。世界で起こっていることに関心をもつことは大切だけれど、そこに等身大の痛みを共有するための想像力を涸《か》らさないために、私たちは私たちの「スケールをもっと小さく」する必要があるのではないだろうか。スケールを小さくする、つまり世界を測る升目を小さくし、より細やかに世界を見つめる。片山廣子のアイルランドはその向こうにあったのだろう。

……「私たちは」などといって、本誌の読者を自分の粗雑さ加減の道連れにするのは見当違いの「余計なお世話」のような気がしてきた。私は、と謙虚に反省するべきであった。けれどもし、私のように「文明の陥穽《かんせい》」に落ち込んでいる方がいたら、ときどき「大森の葱」、と呟《つぶや》いて、片山廣子のことを思い出してください。私もそうします。

10 金銭と共にやり取りするもの

市場で買い物をすると、野菜や魚の調理法から保存の仕方、どうかすると地域情報まで教えてもらうことがある。珍しい外国製品を数多く取りそろえているスーパーも近くにあるのだが、この市場を一通り回ると肉魚や普段に使う野菜類はたいてい手に入るので、自分に十分な活力があるとき、反対に心寂しく活力に乏しいときもその市場に寄り、そのとき何か、自分に不足しているものを——ニンジンであったり、人の笑顔であったり——補てんする。

頭の中に原稿が構築中で、振動を与えないようにそっと移動しなければならないときはスーパーへ行く。構築中のものは決して大仰な「巨大建築物」でもないのだが、そういうときはなんとなく、外部からの刺激で脳内を活性化させるゆとりがない気分なのである。

最近仕事場を引っ越した。それから間のないある日のこと、日も暮れた夕刻、インターホンが鳴り、出ると、

「新聞の集金です」

と言う。ああ、そうだ、いつも口座振替にしてきたのだが、今回は引っ越しといくつかの仕事の締め切りが重なり、ついそういうことが後回しになっていたのだった、と思い出す。ドアを開けると布製の帽子をかぶった、白髪の老人。にこやかで、昆虫採集の少年をそのままおじいさんにしたようなイメージ。家の中で飼い犬が激しく吠《ほ》える。普段こういうことはないのに、と戸惑いながら、

「ちょっと待ってくださいね」

そう言って犬をなだめに行く。犬は私の開けたドアから走って玄関ドアへ行き、おじいさんに飛びつく。まるでかまってもらいたがる子犬の頃に戻ったようだ。私は大声で叱責《しっせき》する。おじいさんは少しもあわてず、

「おお、これはこれは」

と、にこにことして犬の頭を撫《な》でている。犬は盛んにしっぽを振っている。

私は大急ぎで犬を呼び戻し、いつもの場所を指示し、そこにいなさい、ときつく言

う。

「三千九百二十五円です」

私は五千円札を出す。おじいさんはちょっと集金バッグの中を確認し、小銭が足りない、と思ったのか、

「二十五円ありませんか」

「ちょっと待ってください」

私は小銭入れを出し、探しながら、犬のしつけの行き届かなさを詫《わ》びる。

「犬を飼っていたことがおありですか。いえ、もしそうでなかったら、本当に申し訳ないと思って。慣れていないと、こういう(飛びつかれるような)こと、とても大変だと思いますから」

「犬は柴犬《しばけん》を二匹。一匹は二十年、もう一匹は十九年、生きました」

「それはすごいですね。私が知っている中ではいちばんの長生きです」

私は二十五円渡しながら言う。

「歳《とし》取ってからは、もういろいろ大変でした。眼ヤニとかもひどくて」

おじいさんが情けなさそうに口をへの字に曲げる。顔中にしわが寄る。悲しそうだ。

私はこういうときのいつもの私のセリフ、歳取ると人間も犬も同じですね、というセ

リフが出せないでいる。

「あのう、口座振替の手続き、うっかりして遅れてしまったんですけれど、どうなんでしょう、その方がお手間が省けて、ようございますか」

そう言うと、いえいえというようにおじいさんは手を顔の前でふり、

「とんでもない、そうしたら、私の仕事、なくなってしまいますから」

私は思わずにっこりしてしまった。趣味と実益を兼ねて、なんていうことはおっしゃらなかったけれど、ご自身の生活を心から楽しんでいる実感が伝わってきたのだった。

「私、留守のことが多いですけれど、かまいませんか」

「この時間だったらいらっしゃるのでしょう?」

「ええ、でも、旅行に出ることが多いので」

「かまいませんよ」

「ではお願いします」

毎月、集金に来てもらうことにした。

電気ガス水道に家賃、ずっと銀行引き落としでやってきたので、今回仕事場を引っ

越したときも（自宅よりここに寝泊まりする回数が増えているのだが）当然そうするのが当たり前のような気でいた。手続きを後回しにしていたら、電気ガス水道は、請求書と振替用紙が送られてきた。家賃はすでに契約の際、自動振込みの手続きを取っていた（原稿料だってまずほとんど全部、振込みだ。自分の仕上げた仕事に金額の裏付けが付いている実感がないのが、そもそもいつまでたってもプロという気のしないゆえんかも知れない）。

昔、学生時代の一時期、大家さんに家賃を持っていったことがあるのを思い出す。ちょっとした茶飲み話——近所の猫が行方不明だったが以前の家に帰っていたとか、どこそこで物騒な事件があったがこの辺は絶対に大丈夫、とか——と、どうかすると夕飯のおかずや到来物のお菓子、果物などを分けてもらったりすることもあった。私も実家からの送りものを届けたこともあった。

金を払う、ということの最初の記憶は私自身もうないのだが、まだようやく歩き始めたぐらいの幼い頃、十円玉を握りしめて近所の駄菓子屋さんに何度も通っていたと聞かされた。親も初めての子だったので、おぼつかない足取りで何か目的を持って歩くのが面白く、つい、日に何度も十円玉を渡してしまった、とよく懐《なつ》かしそうに語っていたのを思い出す。私自身にはとっくに消え失《う》せている記憶だが、何度も聞かされているうちに、自分でも汗ばんだ手のひらに十円玉を握りしめている感触がどこかに残っているような気がしている。駄菓子屋のおばさんが好きだったのだろう。そのことははっきりしている。その人の優しかった記憶は（だいぶ大きくなってからのものだけれど）ちゃんとあるので。そして、自分のことをきちんと相手してくれる感じも、好きだったのに違いない。チョコレートと十円玉の交換以上に。

金銭を支払う、という、人類が数千年以上続けてきた営みが持つものは、単なる貨幣の行き来だけではない。それの一番象徴的なのは、カウンセリング料を払う、という行為だ。何の関係も（先輩であるとか友人であるとか）ない相手に、自分の悩みや弱みを一方的に話し続けるだけなら、カウンセラーは心理的に優位に立ちすぎる。そのままその関係が続くならクライアントはいつまでたってもカウンセラーから離れられないだろう。カウンセラーの側にも負荷がかかる。永遠に続けられることではない。支払うことで毎回貸し借りなしになり、一人の人間として相手と対等になるという、健常な関係性への回復が果たせるのだ。自分は恵んでもらう存在でも依存する存在でもない、ということの証明。そういう、個人として認め合ったコミュニケーションだということが基本にあるからこそ、支払う瞬間、互いに言葉を交わして感謝を口にし、やり取りすることに金額の持つ以上の価値がある気がする。

ただの金銭のやり取りだけでない。ありがたさ、（ときには）恐縮、会えたうれしさ、細やかな感情のやり取り、ささやかなあるいは（その人にとっての思いがけない）重要な情報の交換。

通信販売には何かが足りない。そう、人の気配がそこにないのだ。対人関係の煩《わずら》わしさがないかわりに。人は本来、群れで生きる動物だから、自分の日常からどんどん人の気配が消え失せていくことは、本当はかなり精神的な安定を危ういものにしていってているのではなかろうか。

そうは言っても、自動振込みをすべてやめてしまうとか、買い物はいつも小売店で、ということも現実的ではないだろう。加速度的に無人化、機械化されていっている社会であるが、私たちはそこに実際生きているのだから。けれどその勢いを、自分のところで少し留めてみる努力はできる。自分の気力体力活力のあるなしや、そのときの調子をみながら、少しだけ、自分を「機械」ではなく「人」と対する方へ押し出すことで。

新聞の集金のおじいさんは、今月もいらした。そのときたまたまうちの犬はいなかった。

「いやあ、外はいい天気で暑いぐらいです」

そう言って帽子を取り、ハンカチで汗をふく。

「おや、今日はワンちゃんは」

相変わらず穏やかな笑顔だ。

「今日はちょっと、近所でシャンプーをしてもらっていて」

「おやおや」

あいにく私は千円札の持ち合わせがなく、一万円を渡すことになる。ではまず、六千円、とおじいさんは集金バッグから取り出したお釣りの六千円をまず一回目、数える。それからもう一回、ゆっくりと数える。さらにひっくりかえして逆の端からもう一回。またまた、ゆっくりもう一回。うわ、四回目だ。私は心の中で数える。丁寧に数える、そのしぐさにも思わずにっこりしてしまう。自分の日常動作に信頼が持てないと、あるとき自覚した人の、よし釣銭を渡すときはよくよく確認しようと心に決めた、誠実な所作だとうれしくなる。私にも覚えがあるからよくわかる。おじいさんはそうしてやっと私に六千円を手渡し、それからしっかりと小銭を数え、私の手のひらに置いてくれた。

11 見知らぬ人に声をかける

近くの公園前の駅には、もとは小間物屋だったのだろうと思われる、雑貨を専門とするビルが直結している。そこは始発と終着の駅でもある。電車に乗ろうと来たのだが、だいぶ早く駅に着いてしまったのに気づいた。時間つぶしにビルに入ってみると、全館クリスマスモードになっていた。こんなに早く年末になってもらっては困る、と焦《あせ》りながら、でもいろいろ楽しみながら、外国に送るクリスマスプレゼントのための毛糸を見つくろいに、手芸用品売り場に行く。そうだそうだ、友人の家の子がやんちゃで、すぐに膝《ひざ》が抜けて困ると言っていた。プレゼントの添え物に、いいアップリケがないかしら、と、その売り場を探しつつ歩く。端の方ではあったが、なんとかアップリケ陳列板のようなものが見つかる。意匠を凝らしたアップリケの種類の豊富さ。その並びに、楕円形《だえんけい》や長方形の角がとれた形の「ひじ・ひざあて」もずらりと並んでいる。つまりその辺り一帯、「継ぎ当てコーナー」なのだ。さまざまな色の「ひじ・ひざあて」が陳列されているその前に、しゃがみこんで仔細《しさい》に検分している先客があった。こちらをちらちらと見ているのがわかる。ここにしゃがんでて邪魔かしら私、と懸念《けねん》されてのことかと思い、そのままゆっくりなさってください、私は決してあなたを邪魔に思ってなんかいません、というニュアンスを伝えるため、人一人分ぐらいの間を開けて私も商品をチェックする。そのうちその人が、今度は明らかに私をじっと見つめている気配を感じ、私も目を合わせる。白髪のショートカット、上品な風情《ふぜい》のご婦人だ。くりくりといたずらそうな眼が魅力的だ。「あの、ちょっとお伺いしてもいいでしょうか」とまっすぐこちらを見つめて言われる。「ええ、どうぞ」何だろう、と思いつつうなずく。「あの、これ、カシミヤなんですの。で、ここに穴があいてしまって」彼女が手にしているのは藤色《ふじいろ》のセーター、肘《ひじ》のあたりに二ヶ所、虫が食ったと思われる穴があいている。「捨ててしまうのも、もったいなくて、これを当てようかと思うんですけど、どんなもんでしょうねえ、おかしいかしら」思わず引き込まれて真剣に対応する。「どこかお出かけのときはちょっと無理があるかも知れませんが、お家の周囲五十メートル以内なら、充分ではないでしょうか。他は傷《いた》んでいないようですし」「ああ、そうお思いになる?」で、そう言って薄紫の本革の肘あてを当てて見せる。「ああ、素材が」「そう、だいぶ違うんだけれど」薄いと言っても革、縫い付けたとしたら薄手のカシミヤ地には負担を強いる。でも、捨てるよりは、そして普段着なら……。「そうですねえ……ちょっと、あれを当ててみていただけますか」私は同じ色合いで、もっと軽そうで伸縮のよさそうなてかてか光る生地を指す。ここにある肘あての素材はすべて革とそれの二種類だ。婦人はそれを手にとり、当ててみる。私は思わず、「ああ、だめだわ、安っぽくなってしまいます。重いにしても、革の方がまだいいです」「そう」婦人は私を見て、やはりね、というように深くうなずく。もうこのあたりで私と婦人の間にはある種の共犯者的連帯感が生まれている。「補修のために同系色を持ってくるというよりは、案外まったく反対の色とか持ってきた方が、かえっていいかもしれませんよ」「私もそれを考えて、黒なんかどうかしら、と思って」試しに当ててみてもらったところ、ご婦人の年齢ではカジュアルすぎる、と思う。あれこれ試し、「やっぱり、最初お手にとっておられたお色の方が上品で素敵だと思います、ああ、ごめんなさい、好きなこと言ってしまって」思わず夢中になってしまっていた。「いーえ。助かりましたわ、ありがとうございます」電車に遅れそうになっているのに気づいて、足早にそこを去る。

なんだかわけもなく満ち足りた時間を過ごした（持てる力はすべて出し切った、というような）気分で電車に乗る。それからあのご婦人が私に話しかけるまでに何度か私をちらちら見ていたのを思い出す。「ひじあて」の相談を見も知らぬ女性に持ちかける場合の相手の条件、というのがあるとすれば、私はそれに合格したというわけだろうか。だとしたらその条件（少なくとも宝石選びの場合とは全然違うだろう）とは？　もし私が同じような必要で誰かに話しかけるとしたら？

見知らぬ人に突然話しかけられる、ということはときどきある。英国に住んでいるとき、ロンドンの混雑したビクトリア駅の構内で、突然人混みの向こうから、古いけれども仕立てのいいツィードのジャケットを着たご夫婦が明らかに私に声をかけた。「すみません、すみません、ウィンブルドンへはどう行ったらいいのでしょう？」そう言いながら人混みをかき分けるようにして近づいてくる。びっくりしたが、そのときも持てる知識を全部つぎ込み、最善と思われる行き方をお節介した。けれどもこの出来事はしばらく私の頭をクエスチョンでいっぱいにした。誰がどう見たって私が英国人に見えるわけはない。ネイティヴの英国人が周りにいっぱいいたのになぜだろう。郊外からいらした方たちだっただろうけれど（私は枯草の匂《にお》うその村の様子までイメージした）、日本人はウィンブルドンをよく知っているという変な思い込みがあったのだろうか。それとも何というか、あのとき周囲の人は皆忙しそうで「話しかける隙《すき》」があった人間は私一人だった、ということなのだろうか。

そうかも知れない。

京都にいた頃、住んでいた場所は有名な観光の名所に取り囲まれているような立地だった。もちろん、外国人もよく見かけた。地図を片手に悩んでいる様子の人々もたくさんいた。けれど、私自身旅行者の経験があるのでよくわかるのだが、できるだけ自力で目的地に到達したい、という思いも彼らにはあるだろうと推察し、自分から声をかけることはしないでいた。必要なら声をかけてね、と心で叫びつつ傍らを通り過ぎるのだが誰も私に話しかけない。が、近所のおじさんおばさんは、「うちら英語しゃべれへんのにしょっちゅう外人さんが道訊《き》いてきはんねん。観光地やさかいなあ」。それを聞くだに妙にうらやましかった。おじさんやおばさんは地元の人と見なされ、私がそう見なされなかった、ということでは断じてない。長葱《ながねぎ》が突き出ているスーパーの袋を提げて通ることなどしょっちゅうだったのだから。ただ、その当時私は本当に忙しい生活をしていた。顔つきや気配に、それが出ていたのだろうか。おじさんやおばさんだって、いろいろと忙しかったのを私は知っている。けれど道を訊きたい相手として選ばれたのは彼らなのだ。人徳の問題、だろうか。

先日、珍しく夕方遅くに駅からバスに乗った。このときもうすでに陽は落ち、外は夜と言ってもいいくらいの暗さだった。ランドセルを背負った女の子たちが二人、駅のバスターミナルからいっしょに乗ってきていて、小さな声でおしゃべりをしたり笑ったりしていた。明らかに小学校に入ったばかりと思われた。この子たちはいくつかの交通機関を乗りこなしていつもこういう時間に家路に就くのかしら、と漠然と思った。やがてバスは大通りの角を曲がり、大きな神社の参道脇《わき》の並木に入ったので、もう本当に窓の外は真っ暗だ。それからさらに木々の鬱蒼《うっそう》とした公園の真ん中を通り、だんだん住宅街の終点に近づく。それまでに乗客はあらかたが降りて行き、二人の女の子のうちの一人も降りて行った。最後には、私を含む数人になってしまった。私の降りるバス停で、残った方の女の子も降りる様子だ。

バスが停車し、タラップを降りる瞬間、女の子は運転席の方へ向かって、はっきりと大きな声で「ありがとうございました」と声をかけた。最近では本当に思いがけないことだったので、まあ、と私は心で小さく歓声を上げた。運転手は？　運転手は、無言だった。

疲れ切って、返事をする準備がなかったのかも知れない。降車口がバスの後ろの方だったのでこういうことになったのかも知れない。乗客が運転手脇のドアから降りるシステムだったら、また話は違ったかも知れない。けれど、運転手が無言だったということに、私は少し、傷ついた。しんと静まった住宅街の道を、私とその子は二人黙って歩いた。私は彼女に声をかけることをためらっていた。変に慰めたりして、彼女をみじめな思いにしはしまいか。彼女の学校では、降りるときに運転手さんにお礼を言いなさいと、教えているのだろうか（そういえば、皆同じ制服を着た男の子たちがそうしているのを見たことがある気がする）。それとも親御さんが？　いつもこうしてお礼を言っているのだろうか。そのたびに無視されるのだろうか。無視されたり、どういたしまして、とか返事をされたり、半々だろうか。それとも、今日初めて、自発的に言ってみたのだろうか。

もしそうだとしたら、なんと勇気を出したことだろう。入学して最初のころは帰り道も明るかったことだろう。季節が秋になり、気がつけば帰り道、辺りがずいぶん暗くなってしまった。これからまた暗い道を一人で歩いて帰る（そういうことはこの子の情緒的な部分を豊かに育《はぐく》んでも行くだろうけれど）、その前に彼女は見知らぬ運転手に勇気を出して声をかけたのだ。私がここで、変なお節介の中年女に思われることを恐れて、彼女に声をかけられないでいてどうする、と思い、四つ角の赤信号で二人、立ち止まったとき、思い切って、「さっきは偉かったねえ」とささやいた。こういうふうに言うことが、彼女の小さなプライドをさらに傷つけることになりませんように、と祈りつつ、尊敬を込めて。

私の懸念は杞憂《きゆう》に終わったようだった。街灯の光の中でも、彼女の顔がぱっと明るくなるのがわかった。大きく息を吸いこんだようだった。そして、信号を渡り、反対方向へ歩こうとするとき、彼女は、「さようなら」と言った。私も、「さようなら」と返した。

見知らぬ人に声をかけるのには勇気がいる。無視されたらつらいし、変なものでも見るようにじろじろ見られたら嫌だ。だから声をかける人を選ぶときは一つの賭《か》けである。

たまに負けたって、また賭けよう。相手が賭けてきたら、勝たせてあげよう。そう思うけれど、このご時世では変な勧誘の可能性もありうる。応じる方も賭けなのだ。だから話しかけてきた見知らぬ人と、一瞬でも楽しい会話が交わせたら、それは二人の勝利である。

12　ご隠居さんのお茶と昼酒

ふと気づいて、最近「お茶」を飲んでいない、と思った。

と言っても、朝起きて正午まで、何かをしつつその片手間に延々コーヒー紅茶の類《たぐい》を飲み続けるのは昔からの習慣だし（正午過ぎたら真昼のシンデレラのようにきっぱりやめる）、仕事の打ち合わせのときにはもちろん、その手のものがついてくるのだが、私の頭の中にあったのはそういう「お茶」ではなくて、なんとなくふらりと歩いていたら知人の家の前を通りかかり、玄関先で話しているうち、じゃあちょっと縁先でお茶でも、というシチュエーションそのもののことだ。

子どもの頃にはしょっちゅう目にしていた気がするこういう郊外の情景に、けれど、さて自分が大人になるとほとんど出くわしていない。さらに考えてみると、そもそもそういうことが日常的に起きるというのは、家にいつでもお茶の相手ができるゆとりのある「ご隠居さん」というものが存在していないとならない。それから家自体の構造の変化。昔のように外に向かって開かれていない。加えてみな忙しくなってしまって、「なんとなくふらりと歩いていたら知人の家の前を通りかかって」の「なんとなくふらりと」が今世の中にほとんどなくなってしまった。歩いている年配の方は健康増進のためのウォーキング中であったり、趣味の集会へ出かけるところであったり。つまり今の時代、老若男女《ろうにゃくなんにょ》、みな「現役」であって、寝たきりにならない限り「ご隠居さん」にはなれない世の中のようなのだ。

これはゆゆしき事態になってきた。

私はこれからご隠居になります、と杉浦日向子《ひなこ》さんが宣言されたのは、彼女がまだ三十代の頃のことだったと思う。当時私はこの言葉にとても感銘を受けた。ご隠居、という言葉の響きは、昔から私にはたいそう魅力的なものだったのに、凡庸な私はそれを自分の身に引き寄せて考えたことがなかった。その手があったか、というショックと憧《あこが》れと、私には到底手の届かないところにあるものを軽々と手中にされたうらやましさが一度に押し寄せた。今から思えば、杉浦さんはすでに仕事を制限しなければならない体調だったのだが、その後続けられた彼女のご隠居活動は、異彩を放ってしかもご隠居らしかった。

その中に「ソ連」というものがあった。「連」とは、江戸の昔の市民サークルのこと。身分や年齢、職業などすべてを超えて成り立つリベラルな集まりで、「一九九一年、ソバ屋でのリラクゼーションが、自分にとっての道楽だと気付いた時点にソバ好き連ことソ連が芽吹いた」（『もっとソバ屋で憩《いこ》う―きっと満足123店―』新潮文庫）のだそうである。彼女のソバ屋選びの条件は、まずくつろげること。ソバにこだわり抜くあまり、客に真剣勝負を挑んで緊張を強いるような店は外す。そして彼女がこよなく愛したのはソバ屋での昼酒。

「東京のソバ屋のいいところは、昼さがり、女ひとりふらりと入って、席に着くや開口一番、『お酒冷やで一本』といっても、『ハーイ』と、しごく当たり前に、つきだしと徳利が気持ち良く目前にあらわれることだ。―略― ソバ屋で憩う、昼酒の楽しみを知ってしまうと、すっかり暮れてから外で呑《の》むのが淋《さび》しくなる。暗い夜道を、酔って帰宅するなんて、まったく億劫《おっくう》だ。いまだ明るいうちに、ホロ酔いかげんで八百屋や総菜屋を巡って、翌日の飯の仕入れをしながら就く家路は、今日をたしかに過ごした張り合いがある。

暮すということは、時間をつなぐことであり、酔ってうやむやに終わる一日からは、暮しの実感は生まれてこない。」

――同

しみじみいいなあと思った。こういう昼酒を、私の日常に取り入れるには無理があるけれど、分を過ぎたぜいたくともあきらめきれないので、折あらばそれを実現しようと心のクリップボードに貼《は》ってある。それでたまに（本当に珍しいことなのだが）拙著が仕上がったときだけ担当編集者とつつましく昼下がりに「乾杯」、会社帰りの善男善女が巷《ちまた》にあふれる前に家路につく、という杉浦流隠居道楽の真似《まね》ごとをさせてもらっている。白昼、まだ世間が「仕事中」の時間に、そうやってくつろぐという多少の後ろめたさがえもいわれぬ祝祭感を醸《かも》し出すのだ。すべてが、「ほんのちょっとだけ」外れて、その外れ加減を自分がコントロールしているという大人の感じがよい。ご隠居の「自在感」がある。

話が「お茶」から大幅にずれてしまったようだけれど、根本のところは外れていない。私が話題にした「ご隠居となんとなく飲むお茶」のテイストは、この「昼酒」にとても近いポジションにあるからだ。「お茶」には食事とは違う融通無礙《ゆうずうむげ》な気配がある。杉浦さんの言葉を借りるなら、「腹を満たすのではない、時を満たすのである」。

最近巷には「お茶する」という言葉があるようで、私自身は使ったことがないがニュアンスとしてはよくわかる。お茶そのものが眼目なのではなく、共になんとなく時間を過ごそう、という意味合いの言葉だ。それが若い男の子の、行きずりの女の子への声かけとして使われると、そこにはある目的が発生するので、それは私の意味する「お茶」にはならない。杉浦さんも、昼下がりのソバ屋では、商談の類や生臭い色恋、キナ臭い口論などは禁煙席より徹底して廃すべき、と書いている。その場の空気に心地よく同調してゆるゆると自分自身を溶け込ませ、解放させることが大事なのだ。彼女の「昼酒」と同じ「ご隠居のお茶」も、だからもちろん、初対面の相手とは成立しえないものなのだが、反対に初対面の相手と正式に会う場合、必ずと言ってもいいほどお茶が出てくるのは、やはりその緊張緩和の効用のためだろう。

昔の学校の年中行事の一つだった家庭訪問には、お茶とお菓子がつきものだった。だが能率主義を重んじる今の学校では、家庭訪問でお茶を出すことさえ禁じているところもあるらしい。行く先々でお茶を出される教師の側も大変そうだが、家庭訪問という、親子にとっては緊張する場でそういう潤滑油がなくなったら、ただのビジネストークではないかと思う（もしかしたら教師側にとってはそうなのかも知れない）。適度な緊張感は大事だけれど、殺伐とした人間関係になりかねない。そう思うと、ご隠居と関係のない、ただのお茶も、結構重要な役割を担《にな》っているのかも知れない。

英国でも昔は一日に何度も「アカッポヴティー（a cup of tea）？」というしり上がりの言葉を耳にしたが、最近ではあまり聞かなくなった。どうも社会の皆が忙しくなっているのは全世界的な傾向のようだ。あらゆることが便利になっているはずなのに、まるで『モモ』の時間泥棒そのままの世界になってきている。


昨年、思いもかけないところで素敵な「お茶」を体験した。北海道の大雪山系南端のガレ場で、ナキウサギが現れるのを待っていたときのことである。そのときは、北海道在住のMさんに案内してもらっていたのだが、彼女は私よりずっと華奢《きやしや》なのに、大きな荷物を背負って山を登った。道々、彼女が数年前、その近辺の山にあるガレ場で体験した「悲しいできごと」を話してくれた。彼女はそこで、いかにも何か棲《す》んでいそうな風穴を見つけ、浮き浮きと思わずそっと覗《のぞ》き込んで、あろうことかいっぱいに詰まったビール缶やスナック菓子の袋等を見つけた。

「それが人生で最も悲しかったことの一つです」

ただでさえ風穴はミステリアスで魅力的だ。立派なそれを見つけた彼女の高揚と、次の瞬間のやるせなさが伝わってきて、私まで悲しかった。自分の家以外どこでもそうだけれど、野生動物の生息域では特に、他人の家にお邪魔させていただいている気分が大事だ。

ガレ場に到着した私たちは、近年激減したというナキウサギの、小さな一声だけでも聞けないものかと、耳を澄ませた。ほとんど自分たちの気配が消えて、辺りに同化するほどまでひっそりと静かに待った。が、途中、彼女はいたずらっぽく微笑《ほほえ》んで「お茶会をしましょう」とささやいた。なんと、彼女の大荷物は、お茶を入れるための道具一式、しかも本格的なものだった。ご隠居さんならぬナキウサギの家の縁先で、静かに静かにごちそうになった「お茶」。

北海道の人々の、おおらかなホスピタリティにはいつでも感激させられる。釧路でもまたそういうことがあった。たまたま予定より遅く、夕暮れ間近に現地に到着してしまったので、実際それを楽しむまでには至らなかったのだが、案内してくださることになっていた、地元のKさんの車の中に、トレイの上にきちんと置かれたポットやティーカップ等、完璧《かんぺき》なお茶会セットを見たときには感激した。Kさんとは現実には初対面であったけれど、彼女は私の著作をほとんどすべて読んでくださっていて、魂レベルではすでに知己だったのだ。もし時間が許せば、そこでも静かなお茶の時間が楽しめたに違いない。盛り上がる必要のない、沈黙の心地よい静かなお茶の時間を。

そういう「ご隠居さんのお茶」には、周りの気配と自分が調和していて、リラックスしている一体感がある。そういう一体感に身も心もくつろいでいると、ふと、これはこのまま穏やかな死への準備になるのかなあ、と思う。混沌《こんとん》の中に自分の意識が流れてゆく覚悟が定まる気がするのである。

杉浦さんは私と同世代である。「昼酒」はそのまま、難病に体を支配されていた彼女の魂の、死への旅支度にもなったのかとふと思う。もちろん、一番好きなことでもあったに違いないけれど。なぜ彼女がそこまで思い切ってご隠居になりえたのかを考えてしまう。

今、同時代に杉浦日向子がいないことが、切なく、つらい。

13
「野性」と付き合う

ミントは生命力の旺盛《おうせい》な草だ。ひとたび苗を植えたが最後、旺盛にはびこり、他の植物の領分まで平気でずかずかと入ってくるので、困りものでもある。庭の中では向かうところ敵なしの繁殖力を誇るミントであるが、これが庭から外へ出て、空き地を一面席巻《せっけん》したなどということはあまり聞かない。庭の中でこそほとんど雑草に近い繁殖力だが、いざ本物の雑草たちと切磋《せっさ》琢磨《たくま》していく段になると、そこはやはり温室育ちならぬ庭育ちのお人よしが現れるのだろうか。

ある夏雨の降らない日が続いて、しかも私は長いこと旅行に出ており、庭の水やりが全くできない時期があった。はらはらしながら帰ってくると、案の定、皆瀕死《ひんし》の状態で、取り返しがつかないことになっているものもあった。そんな中、ミントだけは

「なんのこれしき」というように、雄々しく立っていた。

それに救われるような思いがしたので、それからはつい、彼らが好き勝手にランナーを伸ばしてゆくのを大目に見て、増えるがままにしておいたら、まったくミントだけ、というボーダーまで出現した。広い庭でもなかったのだが、ずいぶんミント持ちになった気がして、生のミントティーにもたっぷり使い、ミントを一枝入れたミント水を常備したり、お風呂《ふろ》にも入れたりして贅沢《ぜいたく》に使った後、そのシソ科の薄紫の花が咲き切る前に刈り取り、ざっと水で洗い、新聞紙の上に、一枚一枚葉を摘みとって並べた。保存用のドライのティーリーフにするためだ。残った茎も、ハサミでざくざく切って干す。みずみずしくぷわんと張っていた葉っぱの一枚一枚が、だんだん嵩《かさ》が小さくなり、しわしわとなり、少しの空気の動きにも身じろぎするようになる。数日そうやって乾かして、からからになったら缶や紙袋に分けて入れる。とてもおいしいハーブティーになるので、来客に紙袋ごと上げてもいいプレゼントになる。

別の乾かし方として、葉のついたまま何本かまとめて束にして、逆さに天井から吊《つ》り下げ、ドライフラワーみたいにしておいたこともあったけれど、そうするとついいつまでもそうしておきたくなり、いつのまにかホコリがつもり、またお茶にするとき乾いたまま茎から葉を摘んだりすると、細かに砕かれて結局始末がめんどうになるのだ。その点、吊り下げずに新聞紙を広げて床におく方法は、スペースを取るのでいつまでもそうしておくことができない。乾いたら否《いや》が応《おう》でも早々に片付けたい気分になるので、私にはちょうどいいのだ。

　ハーブでも何でもそうだけれど、ものとの付き合いは、自分と世界との折り合いの付け方の一つの象徴的な顕《あらわ》れでもあるように思う。読書であれば、読みかけた本に栞《しおり》を置く人、端をちょっと曲げる人、そのとき来た葉書を挟む人、線引き用の鉛筆を挟む人、ただ読んだときのページのまま、ひっくり返しておく人、等々。洗車だってそうだ。いつも自分できれいに磨き上げる人、ガソリンスタンドに頼む人、窓ガラスだけはピカピカにする人、車内の掃除だけする人、等々。ちなみに私は車を洗ったことなどほとんどない。車内だけは必要に迫られてやることもあるけれど。汚れたなあ、と思うこともあるが、その思いは早く雨が降ればいいのに、という方向に流れてゆく。それは人の気質によってまちまちだろう。目的に沿ったやり方というものはあっても、正解なんてものはない。その人らしさがあるだけだ。

　以前、関西の住宅街を、飼い犬を連れて散歩していたとき、突然後ろからリードなしのボルゾイが二頭、私の犬を襲ってきたことがあった。ボルゾイというのは、二次元の生物のように（コリーを寝押しして面積だけにした感じの、メガホンみたいな頭の犬である）平べったい印象の大型犬である。もともとはロシアでオオカミの狩猟犬として改良された犬なので、優雅で貴族的という評価があるのは知っているが、結構獰猛《どうもう》そうな犬である。私の犬はゴールデン・レトリバーとはいえ小柄、体高ではボルゾイの半分ほどではないだろうか。

実はこの襲ってきたボルゾイとは旧知である。以前散歩中にすれ違ったことがあって、そのときも異様にうちの犬に吠《ほ》えかかり、飛びかかろうとするのを、飼い主の男性が必死で抑えていたのだ。あのとき尋常でない執着を見せていた。たぶん、このときも遠目で私と犬が通るのを見て理性が飛んでしまい、飼い主を振り切りやってきたのだろう。

あっというまの出来事で、卑怯《ひきょう》にも背中から私の犬にかみつき、私は事態を把握するのに間をとって思わず悲鳴をあげてしまったが、犬の方はすぐに自分に降りかかった災難を理解し、身をひるがえして戦闘態勢に入った。こんな化け物みたいな犬に私の犬を襲わせるわけにはいかない。ボルゾイは、さっきも背中から耳の下、首筋辺りをめがけていたし、今度も確実にそこを狙《ねら》ってくるだろう。じゃれあいで組み付いてくるのとは明らかに違った。すっかり狩りの本能に支配されているのだ。私は唸《うな》りを上げる両者の脇《わき》から、ボルゾイに向かい持っていたバッグで殴りつけた。犬散歩用のバッグなので威力はないけれど、それしか他に武器になりそうなものはない。動物相手は気迫が勝負だ。とは言え人様の飼い犬に対して、自分でもずいぶん野蛮、だと思う。いわゆる女の子（子、はもう、いらないかも知れないけれど）はこういうとき泣くとか震えるとか逃げるとかするものと相場が決まっているが、私は昔からそんなモードに入ったためしがなかった。かわいげというものがなかった。そういう昔のアメリカ映画の女性役のような「女らしさ」は、私の行動の選択肢には（たぶん生まれたときから）なかった。けれどどう考えても、それが非常時であればあるほど、そんなこと（泣いたり、気絶したり）をしている場合ではないではないか。そのとき要求される一番妥当な行動を取らなければ。興奮している犬相手に「何もしていない相手を襲うことはマナーに反するよ」と諭すわけにもいかない。私がそのとき、本能的に取った「一番妥当な行動」というのは、「いっしょに闘う」ということだったのだ。

ボルゾイは一瞬ひるみ、私に庇《かば》われた飼い犬はすかさず私の脇から一歩前に出て激しく吠えたてた。自分のほうに注意をそらそうとしているのだ（たぶん、自分に売られたケンカだ、という気だったのかも知れない）。そのとき、もう一頭のボルゾイが斜め後ろから様子を見計らいながら飛びかかろうとしているのに気付いた。私の犬に飛びかかってきたら、その瞬間をめがけて横からバッグで頭を叩《たた》き、体勢を崩したすきに思いきり蹴《け》り上げてやろうと（空手の道場の見学に半年ほど通っていたことがある）身構える。なんとかそうやって時間をかせいでいるうちに、誰か通りかかるだろう、と頭の隅で考える。まったく二頭でなんて卑怯だ。けれど、昔、映画『戦争と平和』で、ボルゾイの群れがオオカミを追って広大な草原を走っていくのを見たことがあるから、卑怯、というより、これが彼らの狩りの流儀なのだろう。それにまあ、こっちだって「二頭」には違いない。

そこへ慌《あわ》てた飼い主がリードを持って後ろから小走りでやってきた。そしてこちらに一言の詫《わ》びもなく、犬の名を呼び、今来た方向へ走って帰った。犬たちもそのあとを追って去って行ったので、結局大事には至らなかった。あの飼い主がこちらに何の一言もなかった、というのは、事態に気が動転して、とにかくすぐにも犬を現場から遠ざけようと走って見せた（犬は飼い主が走ると反射的にあとを追うものであるから）、ということだったのかも知れないし、華奢《きゃしゃ》なボルゾイがこんな野蛮な女に（私のことだ）乱暴されて骨でも折られたら大変、という思いもあっただろう。が、とにかく失礼千万ではないか、一言ぐらい詫びたらどうだ、と私たち二人、上昇したアドレナリンのざわめきに未《いま》だ支配されながらも、なんだか力の限り闘った後の戦友のような気分で、ふらふらと帰途に就いた。歩く途中、めったにないことだが私の犬はリードを持つ私の手をそっと嘗《な》めた。

よく闘った、私たち。

あの獰猛なオオカミハンター犬を相手に。

人間なら、肩に手を回す感じだったろう、飼い犬は帰途、何度か私の足にそっとすり寄った。意気揚々と、というのでは決してなかった。私の方も、自分の内面を突如襲った猛々《たけだけ》しさに泣きたいような感じを抱いていた。一皮むけばこんなもの。生きものって哀《かな》しいねえ、という諦《あきら》めのような切なさのようなものが私たち二人の間に漂っていた。だが所詮《しょせん》「生きもの」なんだから、それは正しい野蛮なのだと開き直る気分もある。

この事件以降、私は飼い犬の信頼を（以前にも増して）勝ち取り、飼い犬は私の戦友としての地位を不動のものにしたのだった（そういうわけで、私たち二人にとって、朝夕の散歩ですれ違うさまざまな犬種のたいていと仲良くあいさつを交わしても、ボルゾイだけは無視して通り過ぎたい犬なのである）。

闘い方の流儀、皿や車の洗い方の流儀、読書の流儀、等々いろいろあるけれど、それはこの世の中における、自分という存在の現象そのもののことだ。それは自然現象と似ているだけに、野性の洗練のさせ方そのもの、とも言えるだろう。

熊井《くまい》明子さんの『香りの百花譜』という、香る草々を集めたエッセイの、ミントの項に、小説『鷲の唄』（椋鳩十《むくはとじゅう》著）の紹介がある。これを読むまで、私はこの小説を知らなかった。薄荷草、とあるのは日本に自生するミントのことである。

「日本のジプシーと言われる山窩をテーマにした小説集『鷲の唄』（椋鳩十）には、野生の薄荷がよく出てくる。山から山へと移り住む血気盛んな自由の民、とりわけ生き生きとして強い女達がチューインガムのように嚙んでいるのが薄荷草なのだ。

彼女達は、薄荷草を嚙み、かぐわしい息で男達を誘惑する。そして飽きると決然と去る。ときには腕力で引きとめようとする男に屈したかに見えても決して負けない。十三歳の少女から七十近い老女に至るまで、彼女達が一番好きなのは『自分』なのだ。昭和初期の日本の女とは信じられない自我の強さ。そんな彼女達に、きっぱりした薄荷の香りはよく似合う。—略—

しばしば闘いの血が流され、生と死が隣り合っている小説集なのに、『鷲の唄』がすっきりした読後感をもたらすのは、これらの薄荷草のせいではないだろうか。」

――熊井明子『新編　香りの百花譜』（千早書房）

私の「野性」なんて、まだまだである。ミントを嚙んでいたら、いつか、ボルゾイの「野性」も好きになれる日が来るだろうか。

14 五感の閉じ方・開き方

十代の頃、山の中で暮らした。

二階の私の部屋には三方に窓があり、夜、街灯のない山の中は、月の光が庭先やなだらかに傾斜してゆく森の上層部を、銀板のような明るさで満たした。南九州の森の木々には、厚い葉を持つ照葉樹が多い。その当時翻訳の外国文学が好きだったので、エゾマツやトウヒ、シラカバなどの立ち並ぶ北の国の植生と、自分の周りのほの暗い照葉樹林との違いが、何とも越えがたい現実の障壁として私の日常に立ちはだかっていた。

だがあるとき、しんと明るく清澄《せいちょう》な秋の夜、月の光で照葉樹の葉の一枚一枚が無数の白銀に輝き渡り、それがどこまでも続いていくのを見た。とても現実とは思えないような光景で、私は自分が照葉樹に取り囲まれていることを幸福に思った。

そういう夜、屋根に上って本を読むのがその頃の私のひそかな楽しみだった。月明かりで本を読む、という非現実的なアイディアは、さて、何から思いついたのだったか、いずれ何かで読んだ本から私の頭に入ってきたものだったに違いないのだが、具体的に何というタイトルのものだったのかは思い出せない。雰囲気だけの、実現性のないたわ言のように聞こえるが、いくつかの条件が重なれば可能なことなのである。ただし年中できるわけではない。そして都会では無理だ。山奥の、初秋の満月の夜、月が一番高く上がったとき、比較的大きい活字の本ならそれが可能になる。凍るような冬の月でも可能そうだが、なにしろ寒いので試したことはない。南九州といっても、晩秋になると特に山の中はかなり寒い。初秋だって日が暮れれば体に夜露が降りる。つまり、冷える。期間と時間限定の「ぜいたく」なのである。それに今ならかなり目に負担もくるだろうから、やはりあれは若さが可能にしたぜいたくでもあったのだろう。

それがあれほど好きだったのは、自分の五感が不思議な開かれ方をしていく、そのせいだったと思う。

そういう月の夜でなくても、真夜中、というのは心を流れる時間の質と密度が昼間と違う。鋭角的な率直さをもって深くしっかり進んでいくのが分かる。だから夜中に一人でする作業は、そのまま自分の内側に心地よい深さを刻んでいく。特別に静かな夜は、読む本も厳選したいし、深く考えなければならないことは、この時間に行うに限る。

一日中真夜中だったらいいのに、と、社会の運行に責任のない十代の私はよく考えた。そして、原稿が書けるのはこの時間帯だけ、というのは、だから、十代から長い間続いた私の思い込みだった。

もちろん、たまに早起きした朝の清々《すがすが》しさや、「まったく手つかずの午前」をスタートする気持ち良さもまた、格別のものだ。体中が、今日という日の新しい情報を得ようと浮き立っている。日常生活の醍醐味《だいごみ》である。それに比べると、真夜中に集中して行う何かには、非日常的な色合いが強い。

原稿書きを生業にするようになって、私はますます「一日中真夜中だったらいいのに」と思うことが多くなった。あるとき、何かの拍子に、そうだ、真夜中に特有の、この「覚醒《かくせい》」を、昼間でも自分のものにすればいいのだと開き直った。そんなこと、絶対に無理だと思われたが、これがけっこう可能なのである。五感を、意識して開いておくのである。とりとめもない現実の外界へでなく（そちらへ向かっては、むしろ閉じる）、今、心が向かっている世界へである。でも、そういうことをもっと日常の、具体的な言葉で言えないだろうか。

話はがらりと、本当にがらりと変わるけれど、一度信頼関係ができた美容師のところへは、よほどのことがない限り通い続ける、というのは私に限らず多くの女性のものメンタリティだ。関西にいたころ私が通っていた美容室は「体にいい」ということにとても積極的で、お客とスタッフの間にも節度を保った親身な空気の漂う、つまりとてもリラックスできるところだったので、東京にいることが多くなっても、できるだけそこへ通うようにしていた。駅に近いので東京への往復にも便利だった。が、とうとう家そのものを引っ越し、どう考えてもこれからはなかなか来られなくなるだろうという現実に直面したとき、私は美容師のIさんに、彼女の信頼する東京の美容師を紹介してもらうことにした。そうすることで、彼女との縁は切れないし、またその美容室を再訪したとき、前回から連続した気分も持てる。何というか、いつも定期的に会っていた彼女たちと、もう頻繁には会えなくなるというのは、やはりつらく悲しいことなのである。

紹介してもらったFさんは、年齢は私とそんなに変わらないのに少年のようにさわやかな印象の方だった。Iさんが先生と呼んでいたので、実はどんなにいかめしそうな方だろうと思っていたが、プロ意識の高い彼女の推薦する方だけあって、純粋にその技術に対して「先生」と呼んでいたのだろうと分かった。で、そのFさんが、私の髪を切りながら、最近「めったにない体験をしたんです」と話してくれた。それが次に述べる話。

彼の育った家は、お父様が兄弟と建てたセミ・デタッチドハウス。壁一枚共有して二軒の家がくっついている形である。といってもその二軒は、玄関も、内部構造も異なる。二十年くらい前、Fさんの家だけ改築することになり、そのとき隣と共有する側の壁に、開かずの窓、みたいなものが出来た。普段はその前に物を置くなどして開けられないようになっており、また誰も開けようともしないし、開けたこともなかった。Fさん自身も家を出て独立していたし、家族のメンバーにも変化があり、自然とその家自体とは疎遠《そえん》にもなる。

最近になって再び改築する話が持ち上がり、Fさんも久しぶりで実家をおとずれ、みんなで、そうだ、この際この窓を開けてみようか、という展開になった。

開けてみると、

「息が止まるかと思うほどびっくりしました」

そこには前回の改築前の、Fさんが子ども時代を過ごした世界があった。今ではもうない、当時のままの、居間から台所へ続く砂壁があり、じっくり見ていけば、自分がいたずらして落書きした跡も見つかっただろうと思うほど。当時使っていた壁かけ式のエアコンまでかかっていた。他の家族の手前、「へえ、残ってたんだ」と平静を装《よそお》ったが、本人曰《いわ》く「内心心臓がひっくりかえりそうなショック」。

改築した当時の大工さんが、共有の壁はいじることができないと決断、それをそのまま残し、新たにこちら側に壁を作っていたということらしい。

子ども時代を振り返ると、誰にでも無力な子どもであった切なさの記憶がある。Fさんとしてはとうの昔に置いてきたはずの、「ありえない」世界が忽然《こつぜん》と現れたそのショック。夢を見ているのか、窓の向こう側に（幅五、六十センチほどだったらしいが）入ってしまえば、この家を出て成人してから今までのことが夢で、あっちの居間の砂壁が現実のような、奇妙な感覚。現実の足場が揺らぐ。

Fさんの中ではこのとき、無意識のうちに当時のにおいや音、砂壁の触感にたぶん好きなおやつの味までいっせいに蘇《よみがえ》ったのではないだろうかと思う。五感が不思議な研ぎ澄まされ方をし、現実ではない世界に向けて、日常ではありえない「開かれ方」をしていたのだろうと思う。が、やはり道具立てが整わなければ、ここまで強烈な体験はめったにできるものではない。

五感が刺激される、ということで言えば、私は平松洋子さんの文章をいつも、ぷりぷりと活《い》きがよくておいしそう、と思っていた。十年ほど前、彼女は電子レンジと決別する。

「……さあ私の張り切るまいことか。四角い箱のお世話になりっ放しだったシュウマイを、竹の蒸籠《せいろ》で蒸《ふ》かしてみた。『うわっ』。練った粉末に牛乳を注いでカップごとチンしていたココアを、小鍋《こなべ》でゆっくり練りながら沸かして飲んでみた。『おおっ』味が、おいしさが、全然違った。—略—

手間をかければよいというのではない。昔に戻ろうとも思わない。ましてや不便なほうがいいなんて、ちっとも。しかし、台所でかんがえました。子育てもひと段落、ここらで自分の手の感覚や嗅覚《きゅうかく》や聴覚や、つまりは五感を十二分に使って料理をしたい。台所に立つことをもっと楽しんでみたい――そんな思いがふつふつと、そして切実に湧《わ》き上がってきたのだった。」

――平松洋子『夜中にジャムを煮る』（新潮社）

『夜中にジャムを煮る』は、平松さんの最近の著書である。体験に裏打ちされた実用的な情報の数々（和洋のだしの取り方やお茶の淹《い》れ方、等々）と、臨場感にあふれたリズミカルな文章で、脳の中がまんべんなく活性化され、読後、不思議な満腹感が味わえる。「夜中にジャムを煮る」って本当にセンスのいいタイトルだ。

「……世界がすっかり闇《やみ》に包まれて、しんと音を失った夜。さっと洗ってへたをとったいちごをまるごと小鍋に入れ、砂糖といっしょに火にかける。ただそれだけ。すると、夜のしじまのなかに甘美な香りが混じりはじめる。暗闇と静寂のなかでゆっくりとろけてゆく果実をひとり占めにして、胸いっぱい幸福感が満ちる。……」――同

モノクロの画面に一ヶ所だけ赤い色彩が映える、そういう映画の一シーンのように、世界がしんと静まって、すべての雑音が消える真夜中、ジャムを煮る音とにおいに五感が集中する。そのきりきりとした心地よさ。本文はそれから、翌朝出来上がったジャムを味わう至福に移っていく。この夜中の不思議な時間の流れ方の描写に私はとても共感した。

真夜中の台所でぐつぐつと変化してゆく真っ赤な苺《いちご》を見つめる、その心もちを、たとえば真昼のスクランブル交差点を渡っているとき、ふと引き寄せて、空を仰ぐ。わずかに見える都会の空に浮かぶ雲の種類から、その雲と自分との間の距離を測ってみたりする。刷毛《はけ》ではいたような巻雲なら、一万メートルほど。そこには西風が吹いている。

五感を、喧騒《けんそう》に閉じて、世界の風に開く。

15　特別編　『西の魔女が死んだ』の頃（この稿は雑誌掲載時、同名映画の公開記念として企画された。）

土を触る

小さい頃、近所に住むいとこたちと、よく泥団子を作って遊んだ。それぞれが泥団子工房の主《あるじ》といった風情《ふぜい》で、互いに秘術の限りを尽くし、より硬質の団子を数多く作るのである。たかが団子、とは決して侮《あなど》れない。文字通り「手づくり」の作品なので、恐ろしいほどその作家の個性が出てくる。堅実で優等生タイプの従兄《いとこ》は、やはり一番安定感のある、硬くてしかも美しいものを作るし、おちゃめな従妹は何となく晴れやかなものを、一番年下でかわいく、皆のアイドルだった従弟は、そのぷくぷくした体そのままのどこかフニャッとしたものを、私も自分ではよく分からないが、それなりのものを作った。皆それぞれ、自分の製法に一家言持つ、泥団子作家であった。

土いじりを始めた途端、我を忘れてしまう。それは子どもの頃だけのことではなく、ガーデニングや家庭菜園を経験した人ならだれでもうなずくところのある「体感」ではないだろうか。不思議な安心感、開放感、何となく、自分は今、正しい方向性にあるという感じ、そういうものが土に向かっていると自然に湧《わ》いてくるのである。土と湿り気は、切っても切れない間柄である。湿り気がなければ、それは砂だ。さらさらと、清潔感がある代わりに生命保持力も低い。湿り気のある土は、様々な菌が存在し、豊穣《ほうじょう》だ。

以前、白神山地を訪れた帰り、道のわきにホコリタケの幼菌を見つけた。すぐに採ってぱくっとその場で食べた。ホコリタケの幼菌はマッシュルームに似て、サラダに入れるとおいしいのだ。そのときいっしょにいた人たちにも、おいしいからどうぞ、と勧めたが、当時毒キノコによる犠牲者が相次ぐ事件が起き、ちょうどそのことが話題になったあとだったせいか、地元の乳酸菌の研究者・Kさんが血相を変えて、「いやです！　地面に落ちているものを拾って食べるな、と小さい頃から親に言われているのです！」と口を引き結んだのには、まるで親の遺言をたてにとって借金の保証人の依頼を断る人のようで、思わず噴き出したが、他の二人もにこにこしながら後ずさりするだけ、編集者のKさんだけが、「これが作品に結び付くのでしたら」と神妙な顔つきで口にしてくれた（直接にはこうやって他社のエッセイに結び付いてしまったわけだが、彼女はそんなこと、気にしないだろう、たぶん）。「おいしいでしょ、ね」と念を押すと、ふっと肩の力が抜けたように、「ああ、本当。おいしいですよ」と彼女は他の方々にも声をかけるのだが、良識的な方々ばかりで遠慮された。残念なことだ。きちんと洗っていなかったのがいけなかったのか。土はもちろん払うが、少しぐらいついていたって、ミネラルになって体を扶《たす》けてくれるだろうに。研究者・Kさんは、その後、ツキヨタケらしいが違うかも知れないキノコを、料理するかしないか、となったときに、「そんな（毒キノコとしてもっとも有名であるツキヨタケのような）分かりやすいキノコで死ぬのは、専門家としてのプライドが許さない」という理由で私たちにまで無謀な試食をやめさせた、誇り高い菌研究者であった。もっと玄人《くろうと》好きのする、わけの分からないキノコだったら命をかけるかいがあったのだろうか。彼の用心深さと、ぎりぎりの瀬戸際《せとぎわ》で繰り出すユーモアが、思い出すだにおかしい。

その土地に生える菌類は、その土地の精のような気がする。土壌の構成メンバーのような、普段地上に現れない菌類たちが、何かの異変で（気温とか湿度とか）変化して地上にその姿を現す、それがキノコだ。その土地のキノコを食べることは、その土地と何かを交わしたような気すらする。多少の毒も含めて。だが、研究者・Kさんの言うように自殺行為という面もあるにはあるので、読者の方々には決してお勧めしない。

土は生きものの「なれの果て」。美しいものから目を覆《おお》いたくなるものまで、このサイクルにあるあらゆるものを引き寄せ、生み出していく。見たくないものを無理に見る必要はまったくない。けれど、見たくないと思っていたものが、あるときとても慕わしく思われるときがある。

私は昔、ミミズが苦手だった。今では平気で触れる。地中に棲《す》む解体屋・分解屋と呼ばれる虫たちは、人間からはあまり好かれていない。けれど彼らの存在のおかげで、植物の生長は保証されているし、見ていてつらくなるような死骸《しがい》もいつの間にか土に帰ってくれるのだ。

ミミズや菌類のいっぱいいる大地は、祝祭の予感に満ちている。

ジャムを作る

買ってきたイチゴが余り、どうも傷《いた》みかけている気配がしてきたら、小さな鍋《なべ》に入れて火にかけながらマッシャーで軽く潰《つぶ》す。どうせ少量で、一回分ぐらいにしかならないので、砂糖も入れずに生の果肉にざっと火を通す程度に煮る。よほど甘みも酸味もないものでないかぎり、砂糖を入れない方がおいしい。もちろん日持ちはしないので、熱々のところをそのままアイスクリームにかけたり、シロップ代わりにホットケーキに垂らしたりする。私自身はあまりしないけれど、紅茶に入れてルシアンティーにしても、ジャムよりあっさりしていいかも知れない。アイスクリームにかけたら、すぐにいただく。熱いところと冷たいところがないまぜになる感じがいいのだ。

だが保存したいジャムを作るときは、ちゃんと砂糖を入れ、水分を飛ばして保存がきくようにことことと煮る。ブラックベリー、野イチゴ、など、自生しているものほど酸味が強いので、レモンなどでペクチンを足してあげる必要はない。

以前、庭にラズベリーだとばかり思って苗木を植えたら、それが実はブラックベリーの木だということが分かって驚いたことがあった。しかも蔓《つる》性で、塀に沿って、葛《かずら》のようにどんどん大きくなるのである。英国ではブラックベリーは郊外の打ち捨てられたような場所に、藪《やぶ》として放置されていることが多い。あまりの生命力と、そのぶっきらぼうで粗野な姿が嫌われるのだろうか。

私の庭で次第に隆盛を誇ったブラックベリーも、太い蔓を数メートルも長く伸ばして、絡《から》まる先を始終探しており、気味の悪いほどだったが、収穫のときのことを考えると、つい剪定《せんてい》の手も鈍るのだった。

その頃の私の庭には桑の木もあり、こちらもブラックベリーと同時期に実をつけるのだが、ああ、そろそろ熟すな、と思っていると、どこかでヒヨドリもそう思っているらしくて、あっというまに団体でやってきて啄《つい》ばまれてしまう。桑ジャムはおいしくて大好きなので、悔しくて地団太を踏んだこともある。その貪欲《どんよく》なヒヨドリも、なぜかこのブラックベリーだけは手付かずのまま放っておいてくれた。あまりに酸《す》っぱいのがその理由だろう。どのくらい酸っぱいかと言うと、その刺激で顔がゆがむほどだ。それ以前にもブラックベリーは何度も食べたが、これほど酸っぱいものは経験がなかった。推測するに、売り物にならないブラックベリーを台木としてラズベリーを接《つ》ぎ木し、それをラズベリーとして売ったものの、台木の方があまりに強くて横から太い芽を出してしまったのではないだろうか。見れば見るほどそんな様子に思えた。

食べものなら何でも夢中で食べるうちの犬が、その実を口に入れた瞬間、ぽろっと口から落として、両手を床に揃《そろ》えるようにして神妙に私に押し返したこともある。これはいけません、ご遠慮申し上げます、という表情をしていた。こういう動作をしたのはこのときと、以前、まちがって夏ミカンを口にしたときだけである。

ヒヨドリにもうちの犬にも愛想を尽かされる、それはつまり、生食は不可能、ということだが、ジャムにするとこれが極上のおいしさ。その酸味がかえって独特の風味を増すのだろう。

そういえば、英国の家でも、よく庭にクッキング・アップルと言われる野生種のリンゴの木があって、それが生ではとても食べられたものではないのに（よく紅玉に例えられるが、紅玉は生食できる、りっぱなリンゴである。しかしクッキング・アップルは……。紅玉とクッキング・アップルは全く似ていない）、パイにすると絶妙、ジャムにしてもおいしい、ということがあった。加熱して真価を発揮する果物、というものもあるのだろう。

ブラックベリーがなると、毎朝摘み取るので、一回分は片手で軽く一杯も取れれば多い方である。それでその朝の分だけのジャムをざっと作り、かりかりと焼いた薄いトーストに載せて食べたものである。

今はマンション暮らしなので、これは私にまだ、庭があった頃の話。

洗たくものをたたむ

日向《ひなた》の匂《にお》いのする洗たくものが、縁側に取り入れられ、畳の上で、家族それぞれの分の山になりながらたたまれていく。それをぼんやり見ているのは気持ちがいい。祖母や母がやると、どんな洗たくものでもピシッと、まるで糊《のり》を掛けてあるかのように美しくたたまれるのに、私がやると折り線もぼわっとして、なんだか情けない。それでも、大人になったらきっとできるのだろうと思っていたが、やはりぼわっのままだ。

子どもの頃、今はできないが、いつかきっと、たぶん大人になったら母のようにできるに違いない、と思っていたものに、ごぼうのささがき、まつり縫いなどと並んで、洗たくものたたみがある。いずれの熟達度を見ても、私がまだ大人になりきれていない、ということは歴然としている。娘を持たずによかったのかも知れない。情けなくて。

英国でお世話になったウェスト夫人は、戦前、戦中のニューヨークで青春時代を過ごしている。アメリカが圧倒的な「富める国」になる前の頃で、彼女は「女性として身につけておくべきこと」として、裁縫、タイプライティング、車の運転、の三つを言われたものだった、とよく述懐した。裁縫、というところが、当時まだ、既製服がそれほど出回っていなかったことを彷彿《ほうふつ》とさせる。タイプライターが打てる、車の運転ができる、ということに価値が置かれていたのをみると、女の自立、ということがそう珍しいことではなくなってきてもいたのだろう。なるほど彼女はどちらかというと不器用な人だったが、その三つは身につけていた。そしてアイロンがけも。

外国の主婦はたいていの洗たくものにアイロンがけをする。シーツにもかける。シーツも、スプリング入りのマットレスの下にたくし込まなければならないので、シングルベッド用でも日本のものより二回りほど大きい。しかもシングルベッド用ばかりではない。

足の長いアイロン台で、立ったままもくもくと作業を続けるのを見ていると、圧倒的な体力の差を感じる。

この、ベッド用のシーツというのが日本にはほとんどなくて、最近では欧米ですらふんだんに品ぞろえがある、というわけではなくなった。今は四つの角にゴムのシャーリングが入っている、ボックスタイプが主流なのである。

しかしベッド・メイキングの醍醐味《だいごみ》は、二十センチ以上はある厚いマットレスの下に、シーツを折り紙のように皺《しわ》ひとつ残さず（特に四つの角を）折り込んだときの達成感にある。ボックスシーツだと、角がシャーリングになって簡単にひっかけられるようになっているので、楽だが何ともいえない不全感が残る。しかも、アイロンがけもしにくいし、たたむときもピシッというわけにはいかない。

それがつらくて、私は宝石の類《たぐい》やブランドものにはまったく縁のない人間だが、シーツのセットだけは専門店でリネンのものを注文した。枕《まくら》カバー類、同じ大きさのシーツ二枚が一セット。日本風に言うと上掛け用と下掛け用。それから上掛け用のシーツに見合った大きさの、大判の毛布も。

ウェスト夫人のシーツ・タオル用キャビネットには、ピシッとアイロンのかけられたシーツ・枕カバーのセットが幾組もおさまっていて、宿泊を予定した来客があると、キャビネットからきちんとたたまれたシーツのセットとタオルのセットが取り出され、私もよくベッド・メイキングを手伝った。ベッドの頭の方と足の方にそれぞれ陣取って、二人でやる方が、何かと効率がいいのだ。

しかし彼女も八十を半ば過ぎ、いつのまにかキャビネットの中にはアイロン不要を謳《うた》うボックスシーツが現れるようになった。私も、始終リネンのシーツを使うわけではない。

それでも二人で声を掛け合って同じ作業に没頭した経験の数々は、私の体の記憶として脳の中にたたまれている。そこには同じように手仕事をともにした、今は亡《な》き人々との時間も。

自分の場所

小学校や中学校では、敷地内の片隅の木立の中とか、掲示板の裏の竹やぶの中とか、そういうところが好きで、数人の友だちとそこで秘密結社のようなものを作って遊んだ記憶がある。運動場は男の子たちが占拠していたし、何より混雑がすごくて落ち着かない。

だが、遊んでいたのがそういうひそやかな場所であるからと言って、別に降霊術の会などしていたわけではない(「コックリさん」くらいはしたような気がするが)。よく遊んだメンバーの中に一人、相撲観戦が好きな女の子がいて、当時の相撲取りの名を適当に各々《おのおの》に振り当てて、冗談で相撲を取ったりもした。その子がマニアぶりを発揮して、相撲取りの名や技の名を正確に言う時点からもう、まったく何がおかしかったんだか、みんな笑い転げていた。相撲だって笑い過ぎて最初から力なんか入らない。あの頃って、なんであんなにちょっとしたことがおかしかったのだろう。箸《はし》が転んでも笑う、って本当だ。それにしても、相撲、とは。今から考えると、やはり人目を避けた場所でやって、正解だったかも知れない。

以前、北海道・富良野にある、東京大学の演習林を何回か見学させていただいたことがある。人の手でこまめに世話をされた森や、逆に人の手の全く入らない原生林も、きちんと保存されている。

原生林の中に佇《たたず》んでいると、あまりに澄んだその静けさが何か不思議なものを呼び覚ますような気がした。人外のものの気配がする、と、後で私が言ったとき、案内してくださった酒井秀夫《ひでお》教授が、実は演習林のあちこちで、縄文時代の遺跡が見つかっていることを教えてくださった。私がそうコメントした場所の近くでも。

縄文時代の人々の中にも、「個人的に何となく好きな場所」があったに違いない。演習林の中にはそんな場所があふれている。この場所が好き、という発言は、気まぐれの好みのように聞こえるが、実はその人の精神の動きや体質にもっとも適している場所を言っているのではないのだろうか。その人の精神と体のバランスがそこを求めているのだろう。植物が、場所を選んですくすく育つように。

普通は海辺の植物である、アオノイワレンゲ、エゾスカシユリが、内陸の演習林の中で見つかるそうだ。大昔の地勢の名残なのだろうが、それにしても他のあらゆる植物や動物が、内陸になってしまったその地域を見限って行っただろうに、彼らはずっと、そこが「好き」だったのだ、太古の昔から。

酒井さんは、富良野では自生しないと言われているスズランの群生が、演習林の里山でひっそりと息づいているのを見つけられたこともあったそうだ。何かの理由で富良野から撤退していったか、根付かなかったかしたスズランの、ごく一部が、「この場所が好き」と決断したのだろう。風の向きか地の下を流れる水の具合か、何かの理由で。

別に有名なスポットでも何でもないのだが、ああ、ここはすてき、と思う場所がある。林の中に、そこだけぽかんと陽の光が当たっているような場所。広葉樹の若葉が、天蓋《てんがい》のように空を覆っているような場所。異国で迷って路地を入っていくと、思いもかけない中庭を見つける。涼しい風が吹いて、ベンチがあり、行きずりの人のために開かれている。あるいは古いデパートの、喧騒《けんそう》を離れた場所にある踊り場。入るとくつろぐ喫茶店。

町中のあちこちに、日本中のあちこちに、世界中のあちこちに、そういう場所があることを覚えている。心が本当に疲れているときは、砂漠の中のオアシスを目指すように、頭の中でそういう場所を彷徨《さまよ》う。

大好きな場所をいくつか持っていることはいい。

シロクマはハワイで生きる必要はない

拙著『西の魔女が死んだ』を上梓《じょうし》したとき、戸惑ったことの一つは、主人公の少女と書き手の私自身を同一人物のように思われることだった。インタビューで、「いじめられたの?」と訊《き》かれたこともある。

私がこの作品を書いていた頃は、ちょうど学校現場での「いじめ」の実態が問題になり、その手口の数々が報道されていたときであった。痛々しくて、すっかりその気分にシンクロしてしまい、切なくなったが、私自身は学校生活で、それほど露骨ないじめに遭ったことはない。仲のいい友達と一時的に気まずくなることなんてしょっちゅうだったけれど、それも一対一の問題で、概してみんな大人だった。集団で誰かを村八分状態にまで追い詰めるなどということは、記憶にある限りなかった。

が、ぜんそく持ちでしょっちゅう学校を休んでいた、というのは主人公と重なる。それから「死」に対する恐怖の吐露も（それに実際悩まされたのは、幼稚園から小学校の低学年にかけての頃だったが）私自身が感じていたものである。どんな登場人物だって、自分の中にいる人たちだ。まるっきり自分でない、というのは嘘《うそ》になる。

しかし以前、講演会の後のサイン会で、「まいちゃん（主人公の名前）に会いに来ました」とおっしゃられたときは、とても困惑した。他の作品ではそういうことはあまりないのに、なぜかこの作品だけは、主人公が作者だと思われてしまうらしいのである。

かといって、全く違う、とも言い切れないのは、作った「泥団子」が、多かれ少なかれ作った本人を語っている、というのと同じだろう。ましてやこの場合、主人公は「人間」なのだから。だが、主人公そのものではない、と断言する根拠の一つは、私自身が主人公を客体化して、慈《いつく》しむ気持ちを持っていることである。

煮詰まった人間関係は、当人がどんなにがんばっても容易なことでは動かない。よく、自分が変われば他人も変わる、というけれど、今の世の中ではそういう法則も働かないことがある。あまりにも複雑な要因が絡んでいるから。

「シロクマはハワイで生きる必要はない」というのは、私がこの本を執筆していた当時、人間関係にがんじがらめになった子どもたちと分かち合いたい言葉だった。もう、だめだ、と思ったら逃げること。そして「自分の好きな場所」を探す。ちょっとがんばれば、そこが自分の好きな場所になりそう、というときは、骨身を惜しまず努力する。逃げることは恥ではない。津波が襲って来るとき、全力を尽くして逃げたからと言って、誰がそれを卑怯《ひきよう》とののしるだろうか。

逃げ足の速さは生きる力である。

津波の大きさを直感するのも、生きる本能の強さである。

いつか自分の全力を出して立ち向かえる津波の大きさが、正しくつかめるときが来るだろう。

そのときは、逃げない。

16 目が合う

今の仕事場に引っ越したばかりの頃、動物好きの上の階の住人の方とマンションの庭で立ち話をしたことがある。四方山話《よもやまばなし》の中で彼女が、以前この辺でカラスの捕獲箱が設置されていたが、あれはむごいものだった、というようなことを話した。私もそれに対していっしょに憤慨したりしていたのだが、気がつくといつのまにかカラスが三羽ほどやってきて、私たちの目線辺りの高さの塀に止まり、じっと横向きで動かずにいる。それがいかにも話に加わろうとしているか、話に聞き入っているかのようであったので、私はつい、「まるで話を聞いているみたい」と冗談で言ったら、上の住人は真顔で、「ええ、この人たち、聞いてるのよ。新しく引っ越してきた人の人柄を調べてるの。そしてどんな話をしているか、チェックしているの」。思わず笑いそうになったが、けれど、あながち否定もしきれない雰囲気があった。

それからしばらくして、ベランダの窓を開けると、前の木々がバサバサと揺れる。誰かが向こう側から揺らしているのだとばかり思っていたのだが、それにしてはあまりにも激しい。何かの拍子に黒い羽が見え、ああ、カラスがデモンストレーションしているのか、と納得した。類人猿のようなことをする、と思っていると、一羽が出てきて、上の枝に止まり、カラスにしてはくりくりとした黒い瞳《ひとみ》でじっとこちらを見つめた。おでこの出た、ハシブトガラスである。いかにも共犯めいた、微笑《ほほえ》んでいるような顔つきで、ああ、カラスもこんな顔をするのか、とぼんやり思った。それで、私もにやりと笑みを返した。何か食べるものが欲しかったのかも知れないが、こちらにはそういうつもりはなかった。

以来、ときどきこのカラスは私の周辺に出没し——出かけるときに電線に止まってこちらを見ている、とか、ベランダから見えるどこかでこちらを見ている、とか——アイ・コンタクトをとるようになった。都会のカラスは食料の確保が楽なので、暇が多いのである。だが顔見知りになったからといって、何か特別な便宜をはかってもらっているわけでも、はかって上げているわけでもない。気味悪がっているわけでもない。

ただあるとき、客といっしょにマンションを出て、すぐ目の前の公園へ散歩に入ったときのこと、持っていた荷物の関係か何かで、その人が異様に私に接近して歩いている感じになった。私自身も、あれ、くっつきすぎ？　と思った瞬間、後ろから羽音が近づき、件《くだん》のカラスが低空飛行で後ろから私たちのすぐ上を飛んで、数メートル先の木に止まった。その人は声をあげ、「翼が頭に触った！」と言った。カラスはこちらを見ている。私はいつものように笑み返すことはせず、その代わり遺憾の意を表すため、首を振った。カラスは、ちぇっと舌打ちするようにどこかに飛んで行った。

幼稚園に入ったかどうか、というくらい小さいときのこと、近所の友だちの家で遊んでいて、夕方、もう帰ろうと、その家を出たすぐの道路で、犬につかまった。別に首根っこを銜《くわ》えられたわけでもなんでもないのだが、目が合って、私は一瞬動けなくなってしまった。おそるおそる足を一歩出して帰ろうとすると、その犬は威嚇《いかく》するように唸《うな》った。犬は私をそこに立ち止まらせると――私はどういうわけか、近くに子犬もいないのにその犬を母犬とそのとき思い、今も思っているのだが――ごく普通の犬のように、道路の水たまりをクンクン嗅《か》いだり、いかにもさりげなくしているのに、常にこちらに意識を向けているのが感じられた。私は、この変な緊張関係が信じられなくて、ごく普通にふるまったら普段の世界に――帰ろうと思えばすぐに家に帰れるような——戻れるような気がして、一歩踏み出すのだが、そのたびに、威嚇される。私は一辺りはだんだん暗くなる。何でこんなことになったのか自分でも分からない。私は一生ここにいなければならないのだろうかと絶望的になる。

そこへ天の助けのように、顔見知りのおばさんが、通りかかった。私はすがるような眼をしていたのに違いないのに、そのおばさんは優しく「あら、早く帰らないとね」と声をかけるだけで通り過ぎた。私の窮地に気づくはずもなかった。その犬は別に私に襲いかかっているわけでも唸り続けているわけでもなんでもなく、私はただ、その場に釘《くぎ》づけに（！）されているだけだったのだから。

今、この人に助けてもらわなければ、私は大変なことになる。子ども心にそう悟った。けれどこの微妙な状況をどう説明しよう。そんな悠長なことを算段しているひまはない。よし、と決意し、私は恥を忍んで大声で泣くことにしたのだった……。

びっくりして振り返ったおばさんは、慌《あわ》てて戻ってきて、私にわけを聞いた。私は、犬がいるから帰れない、というようなことを言い、まあま、とおばさんは犬を追い払おうとした。私はようやく普通の世界に戻れた気がした。けれど、その犬は追い払っても追い払ってもいっかな遠くへ行こうとしない。そこでそのおばさんも、「おや？」と何かに気づいたようだった。そうそう、そうなの、それなの、それって何なんでしょう、と幼い私は聞きたかったが言葉にできるスキルもなかった。

その「何か」とは何だったのだろう。

犬はできるだけ私の近くにいようとしていたが、やがてあきらめてどこかへ行ってしまった。


同じくらいの年齢の頃、前述の友だちの家とは別の友だちの家の二階の窓から外を見ていたとき、連なる近隣の家々の屋根瓦《がわら》の上を一匹の大きなネコ科の動物が歩いているのを見た。子どもの頃の記憶だから、たとえそのとき、子どものヒョウだ、と思ったとしても、今常識で考えればそれはやはり、ずいぶん大きなネコだったのだろう。その「ヒョウ」が悠々と歩いていて、ふと私と目が合った。まずい、と思ったが、それほど危機感はなかった。なぜならその「ヒョウ」と私の間には、家々の屋根が作る段差がいくつかあり、しかも私は安全な友だちの家の中にいたのである。が、その「ヒョウ」は実に軽やかな身のこなしであっというまにその段差を飛び越えて、私のいた友だちの家の窓へ飛び込んできた。驚愕《きょうがく》したが、恐怖する間はなかった。その「ヒョウ」は飛び込んだ勢いそのまま、友だちの家の二階の部屋を通り抜け、開いていた反対側の窓から外へ、走り去って行ったからである。私はただただあっけにとられ、何かの用事でそのとき一階にいて、その後上がってきた友だちに、「今、ヒョウみたいなのがいた」と報告したが、「へえ、そう」とまったく平然と受け取られ、そうか、こういうことってあんまり騒ぐほどのことでもないのかも知れない、と納得したのだった。

これもまた小さい頃の話。田舎へ行って、一人で田植えの終わったばかりの田んぼのそばを歩いていたときのこと。水面が異様に揺れている。アメンボとかそういう小さな生きものが作る動きではなかった。見ると、真っ黒の蛇が一匹、田んぼの向こうの縁《へり》からこちらへ向かって泳いでくる。Sの字に体をくねらせながら前進している。その動きが作る波紋なのだった。

思わず立ち止まってじっと見ていると、やがて蛇はこちら側の畔《あぜ》にたどりつき、そしていわゆる「鎌首《かまくび》」を持ち上げると、海面から突き出した潜水艦の潜望鏡(イメージである。本当に潜水艦にそんな装備があるのかは知らない)のように、頭を回して辺りを睥睨《へいげい》し始めた。

目が合ったらどうしよう。

このときの、言葉にできない恐怖と言ったら。どこか身を隠すところがないかと焦《あせ》りを覚えたが、そこはどこまでもがらんと広い田んぼの中の一本道なのだった。

その恐怖のただ中にいるときでさえ、幼いながら、自分がずいぶん論理性を欠いた心理状況にあるということは分かっていた。不気味だとは言っても、相手は自分よりはるかに小さい蛇である。カエルか何かのように自分のことを呑《の》み込んでしまえるはずもない。

それから先、私の記憶は途切れているので、本当に目が合ったかどうかは思い出せない。

目が合うということは、時と場合によっては魔境を覗《のぞ》き込むようなものだ。

最初に書いたカラスと出会ったとき、私はもうかなり齢《よわい》を重ねていたが、二番目以降のエピソードは幼かった順に書いた。容易に引きずり込まれそうな感覚は幼い方がずっと強かった、と書きながら思い出すことであった。幼いときの方がずっと異界に親和性が高いのだろう。そしてわけが分からないという恐怖もあった。

今でこそ「目が合う」瞬間は少なくなったが、その代わり、件のカラスとのように、妙な付き合いが多くなって、恐怖するいじらしさのようなものがなくなってしまった。これはこれで怖いことのような気がする。

17　夢と付き合う

ここしばらく、なんだかずいぶん疲れ切ってしまって、寝台から起き上がれない日々が続いた。

抱えているすべての仕事を可能な限り延ばしてもらい、準備の塩梅《あんばい》でどうしようもないものはキャンセルした。自分のことで人に心配をかけるのは申し訳ないけれど（と、ここまで書いて、最初この、申し訳ない、というところを「気ずつない」と書きそうになった。京言葉の一つなのだ。四半世紀いた京都で、いつも私は異邦人のように浮いていたが、何人かの親しい友もいて、京言葉はいつの間にか、使いこなせないながらも私の血肉のようになっていたのに違いない。書き言葉で考えているときにそれがふっとでてくるということは、やはり私の中の何かの結界が緩んでいるのだろう）、なにも強がって元気のあるふりをすることもない。もとより元気のあるふりをする元気もない。

気持ちの上では、身辺のさまざまなことに一応の整理がついたつもりでおり、早く仕事にかからなければと焦《あせ》るのだけれど、体の方にまだ何かが残像のように残っているのだろう。普通に目を開けていることがまずできない、という状況だった。目が開けていられないわけだから、傍から見たら結果的に寝ている日々が続くのである。目を閉じているのはしようがないにしても、その間、原稿の構成でも考えればいいのに、また考えようとはするのだが、目を閉じるとこれが、夜となく昼となく際限もなく眠れるのだ。

困ったなあと思いつつ、そういう中である夢を見た。その夢のあと、ああ、これで体の方も何とかなる、と思えた。

夢はこういう夢である。

地方都市の外れ、山深い村落に分け入る手前で、その日の宿を探しあぐねている。目当ての宿はある。その修験道《しゅげんどう》のメッカのような山の、宿坊の一つで、そこのおかみさんが心の温かい人なのだ。夢の中では、私は以前そこに宿泊して、とてもいい印象をもったので、今回もぜひにと思っている（けれど夢の中で、はっきりと浮かんだそのおかみさんの顔は、現実には四、五年前に旅行で一度出会った方のそれだ。以後年賀状を一回出したきり、連絡を取ることもなかったので、私の無意識が彼女をこういう捉《とら》え方をしていたのかと意外に思った。しかしその方と交わしたいくつかの言葉を考えると、なぜ彼女がここで、という疑問の答えとして、思い当たることはある)。が、夢の中では、そこへの連絡方法が見つからない。タクシーで山を登ってもらおうと思うのだが、そのためにはタクシーに、目的の宿の名前を説明しないといけない。けれど、それすら思い出せない。私はいつの間にか素朴なサロンのようなところ——小さな旅館のフロント、もしくは今風の民家改造型の観光案内所のようなところ——におり、一人のタクシーの運転手を相手に、それはこんな宿坊なのだ、と説明している。そのうちに、タクシーの運転手は、そこなら自分も以前行ったことがある、よく知っている、だが不思議なことに自分も名前が思い出せない、と言い出す。私は何とかしてその宿坊の名前を探しあて、直接行く前に予約と夕食の準備をお願いしたいと思い、「その宿坊を知っているかもしれない別の案内所」の連絡先をそこで入手し、電話をかける。相手先に繋《つな》がり、私が用件を言うと、しばらくお待ちくださいと言って、音楽が鳴る。受話器から流れるその思いもかけない音楽に、私は心底びっくりする。西洋古楽のようでもあり民族音楽のようでもあり、高い精神性と乾いた質感の響きをもったその音にしばし聞き惚《ほ》れ、隣で見守っていてくれたタクシーの運転手にその受話器を渡す。運転手もしばらくそれを聞き、静かに、「私はこういう音楽が一番好きなのです」と言う。え、この人は誰だっただろう、と改めて運転手の顔を見ようとする。私はその人を前から知っていたように思う。

そのときそばにいた誰かが、「わざわざ電話しなくても、直接おかみさんに言ったらいいのに」と声を掛ける。それで、ああ、そうか、ここはもう、その宿坊になっていたんだ、と気づく……。

まあ、本人以外には意味のない、他愛もない夢かも知れないが、この夢を契機にして、私の体調は少しずつ上向きになった（実はこの夢を見たのは昨日なので、正確には上向きになりつつある、というところだろう）。それから最初に取り掛かった仕事がこのエッセイであるから、何となく夢に感謝して、書かずにいられなかったのだ。

昔、ある人から、自分の見た夢をむやみに人に話したりしてはいけない、と言われたことがある。夢は独り歩きして、まったく違ったものとして傷ついて帰ってくるから、と。

意味の取りにくい言葉と思われるかも知れないが、そのときの私はその言葉が真実であると直感した。そして長い間そういうこと、つまり自分の見た夢を人に話す、というようなことを不用意にはしなかった。

けれど最近、夢の中には、ある種の公共性をもって現れてくる夢というものがあるのではないかと思うようになった。誰かの心の層の連なりの、深い場所から出たものが、その人の中でいい働きをするものであるなら、もしその夢に普遍性といったものが少しでもあるなら、その夢はその人個人から出て語られるうちに、誰かほかの人の心の、やはり同じように深い層で静かに受け取られ、やがて何かいい働きをしてくれるのではないかと。たとえそれが少しずつ受け取り手によって形を変えていったにしても、それはその受け手にとっての最善の形に変わっていった結果なのではないかと。

私が見たこの夢で、疲れ切っていた私の体に一番「働いた（効いた）」と思うところは、そのタクシーの運転手と、精神性の高みと深みを共有したと思われる瞬間であった。少し変わった、誰にでも好まれるとは限らない、けれど私たちには一番大切ななにかの琴線に触れる音楽を、二人ともそれが砂漠で天から降ってきたマナであるかのように味わった。「タクシーの運転手」は個人である必要も、異性である必要もない。

過去に幾度かあったはずのこの瞬間が、私の中で甦《よみがえ》ったとき、私は事態が好転していくことの兆《きざ》しを感じたのだった。
人は群れの動物であるから、他者と何かで共感する、ということに思いもよらぬほどのエネルギーをもらうのだろう。しかもそれが、自分自身の核心に近い、深い深いところでの共感ならなおさらのこと。

拙著『西の魔女が死んだ』で、私は主人公の気持ちの転換期に二回「夢」を使った。一回目は主人公・まいが、学校で人間関係がうまくいかなくなり、祖母の家に引っ越してきた後、祖母に初めて「実は自分たちは魔女の家系なのだ」、と打ち明けられた、その夜に見た夢。それはこんな風だった。

まいは、真っ暗な夜の海を泳いでいる。静かで、月も星もない、海と空との境も分からない海を、ただ一人で泳いでいる。一人だということすら気づかないで、ただただ泳いでいる。そこへ自分の内側と外側から、同時に声が聞こえる。「西へ」と。

まいは、それまで学校で、理不尽な感情の軋轢《あつれき》の海でただ一人方角も分からずに泳いでいたようなものだった。西、というのはつまり西洋で、（ここの文脈では）論理的、合理的なものを指している。まいの祖母の語り口調が、冷静で合理的なのも、西洋の伝統の一部を表している。つまり、祖母の影響下に入るということは、「西向き」になるのだろう。このときは、まいの内面の方向指示機が、今とりあえず指すべき「方角」として、「西」を選んだ瞬間だったのだろう。この夢を見た翌朝から、まいの「魔女修行」が始まったのだった。

二回目は、まいが祖母に「人は死んだらどうなるの」と訊《き》いた夜の夢。

まいはどうやら蟹《かに》になっている。最初は赤ん坊の蟹で、殻も柔らかくて居心地がいいのだが、大きくなると、その甲羅がだんだん固く、重く感じられてくる。そして、体の一番真ん中の核のところまで硬くなりそうになって、ああ、もうだめだ、と思ったら、脱皮が始まった。すると、何とも言えない解放感と、久しぶりにお風呂《ふろ》に入ったような清々《すがすが》しさを感じ、ああ、死んで魂が体を離れる時もこうなんだ、と直感する……。

前述のまいの質問に対して、祖母は、生きるということは体と魂が共に働いていることで、死ぬということはその魂が体から離れること、というような死生観を、その夜彼女に語って聞かせていたのだった。その祖母の説明に対して、意識的には承服できないでいたまいが、深いレベルではまいなりの納得を見せていたことを、夢は物語っていた。祖母はその夢の話を聞いて、「有り難い」と一言つぶやく。

夢は人間存在の深い層からのメッセンジャーの役割を果たすことがある。もちろんそうでないこともいっぱいあるし、意識のがらくたが、何かの微調整のために浮かんで来たのだろう、としか思えないような夢もある。

私は今、稚拙な夢解きのようなことをしたが、本当は、あれはこれ、これはそれを象徴している、などという分析ごっこのような野暮はやらない方が、得策のように思える。何がなんだか分からないけれど、心にずしんと響く夢を見た、という実感があるときは、その夢の全体を丸ごと抱きしめる感じで、長く意識のどこかに置いておく方が、「効く」ような気がする。そしていつか、自分の生活にそれは溶け込んでいき、また消えていく。そういう夢はきっと、自分の心の深い層が、自分に向けて、伝えたいことだったのだろう、けれど、それが現実にどういう意味を持つものなのか、たぶん、その「深い層」にも分からないことであろうし、いわんや「浅い層」が軽々しく言葉にできるたぐいのものではないだろうから。

いつのまにか意識から消えていたので、こんな夢だった、と言うことはできないが、とんでもない荒唐無稽《こうとうむけい》な夢を見て、しばらく茫然《ぼうぜん》としたこともある。訳が分からないながらも、その分からなさを味わうのが、夢見の醍醐味《だいごみ》だろう。けれどそうやって付き合っていると、次第に夢との間に親和感が生まれてきて、危機的な状況になったとき、こちらに分かるだろうカードを投げてくれるように思う。

18　小学生の頃

小学生の頃を思い出すと、独特の不思議な心もちが蘇《よみがえ》る。入学したての頃は特に（生まれてそれほど間もないものだから）、世界がまだどういう仕組みになっているのか、とりあえず見当をつけるのに必死の五里霧中、頭の中の世界観は隙間《すきま》だらけのジグソーパズルの台紙のよう、日々何かしら新しい知識が入ってきては、その一隅を埋めていく（とんちんかんな当て嵌《は》め方をしていたと気づいて、大慌《おおあわ》てで修正したり、修正が間に合わず、大人に笑われたり）。毎日が人生見習いの修業期間みたいなものだ。

だがそれだけに、この心細く不安に満ちた時期に出会った人、友人、出来事、何でもないことなのに、数十年を経ても鮮やかに思い起こされることがある。

ゼーバルトという作家の著作に、「パウル・ベライター」という小説があり、その中に、マダム・ランダウという女性が出てくる。

その小説は、主人公の男性が、自分の小学生の頃の担任教師、パウル・ベライターの自殺を知る、というところから始まり、彼の人生を追う、というストーリーなのだが、その過程で、男性は晩年のパウルが親しくしていた、マダム・ランダウに出会う。彼女がふと、パウルのこととは直接関係ない、自分自身の小学生の頃の思い出を話す場面がある。彼女が七歳のとき、男手一つで彼女を育てていた父親が、財産のすべてを費やしてスイス湖畔の別荘を買い、二人でそこへ引っ越した。家具調度を揃《そろ》える余裕さえない生活だったが、彼女の心は満ち足りていた。八歳の誕生日に、小学校の同級生、友だちのエルネスト一人だけを招いて、湖へ向いたテラスに小さなテーブルを出し、それに白い紙のクロスをかけて夕食を取った。父親は黒いベストを着てウエイター役を務めた。夕暮れの湖の岸沿いに、次々と魔法のように篝火《かがりび》が焚《た》かれ始めるのを見たとき、幼いマダム・ランダウは、

「これはみんなわたしのため、わたしの誕生日を祝ってくれているのだわと、すっかり信じこんでしまった、と。 ―略― エルネストはもちろん、暗闇に輝う一面のかがり火がスイスの建国記念日のためだと知っていたけれど、わけ知り顔の説明でわたしの喜びをおじゃんにするような無粋なまねはしませんでした、子だくさんの労働者の

家庭の末っ子でしたけれど、エルネストのつつしみ深さは、ずっとわたしのものの感じ方のお手本でしたわ。」

——W・G・ゼーバルト著、鈴木仁子《ひとこ》訳『移民たち』より「パウル・ベライター」（白水社）

小説の本筋とは関係のない、回想シーンだけれど、私はこの最終の部分、エルネストのつつしみ深さが、自分の「ものの感じ方」の手本になった、と自覚しているマダム・ランダウに、すっかり好感を持ってしまった。

幼い頃出会った友人たちとかの人格やものの考え方、感じ方が、自分の人格形成に大きな影響を与える、というのはよくあることだが、それはたいがい、気づかぬうちに受けていた影響であることが多い。誰かの美点を心地よいもの、と意識して、積極的に自分の「お手本」にする、という彼女の言葉には、世界がもっと丁寧に時間を紡《つむ》ぎ出していた時代の芳《かんば》しさがある。

私の小学校には——本当に幸運なことに——素晴らしい図書館があった。後年、普通の学校にあるのは、大体「図書室」どまりで、わざわざ一つの建物がすべて書籍で埋まっている（低学年用、高学年用、教師用、と分かれてはいたが）というのは、非常に珍しい、と知るのであるが、その図書館で、文字通り、本に溺《おぼ》れた。昼休みに一冊借り、どんな分厚い本でも、次の日の昼休みには返却してまた新しい本を借りる。図書館司書をしていたおばあさんがいて（私は彼女のことが好きだったが）、そういう私を変な子、と思われたのだろう、あるとき、「本はちゃんと読んでから返さなくちゃいけないよ」と諭され、あ、誤解されている、と気づいた私は、どうしたらこの誤解が解けるか、と一瞬深く考え、すぐに今返した本の筋を最初から最後まで細かに語り始めた。鳩《はと》が豆鉄砲を食らったような顔をしていたおばあさんは、次からもう、そんなことは言わなくなった。今だったら、「ちゃんと読んでますよ」くらい軽く返答して終わりにするだろう。当時は、まだ、世の中のことがよく分かっていなかったので、とにかく必死だったのだ。結局実用書の類《たぐい》に至るまで（料理とか園芸とか）、小学校卒業までには教師用のコーナーを除き、その館内にある活字で書かれているものは、ほとんど全部一応は目を通した。図書館から借りてきた本を早めに読んでしまった夜は、家にあるもので間に合わせた。当時自宅にあった小学館の日本百科大事典は、いつも私を裏切らない頼れる友のような存在で、これも最後の十四巻目の別巻まで慣れ親しんだ。百科事典が好きだったのは、世の中があまりに分かっていない、という子どもゆえの焦燥感からだったと思う（今でもときどき、つい知ったかぶりのことを言って、すごく博識なのではないかという誤解を与えるが、元をたどれば大体がこの小学校当時の百科事典からで、こけおどしの半可通なのである。長く話していると必ずぼろが出る)。世の中のことがおおまかにでも分かってくると、今度は自分で世界をつくってみたくなった。最初の巻にアイヌ民族の項があって、そこに出ていた図解入りの墓にとても心をひかれた。また、同じアイヌの項に、彼らは昔、本州の方にまで住んでいたという記述があり、そこからイメージが膨らんで、五年生の頃だったか、初めての小説を書いた。筋は確か、こんな風である。

主人公の少年が、いつのまにか学校に来なくなった友人の家を訪ねる。そこは、山間の隠れ里、もう誰もいない廃村のようでもある。墓地のようなものがあるが、墓地にしては墓石に当たるものが、見慣れぬ造形物である。その山奥には奇跡のような湖があり、彼はそこで、友人の少年が、傷ついたペリカンといるのを見る（渡りのペリカンが迷鳥となって、日本に来ることがある、というのもまた、この百科事典からの知識だったと思う)。結局友人はペリカンとともに去っていく、という、『風の又三郎』やNHK少年ドラマシリーズを混ぜたような内容だが、今思い出しながら書いていて、現在の自分と興味の持ちどころが全く変わっていないのに気付いて愕然《がくぜん》としている。

この数十年、自分の嗜好《しこう》に何の成長も変化もなかったか、と、くらくらする思いだが、人間というものは、そう簡単には変わらないのだろう。あれほど百科事典を読み、世界のことについて知りたかったのは、結局自分で物語をつくりたいという欲望ゆえだったのだろうか。

それにしても、当時今のようにインターネットやテレビゲームが巷《ちまた》に溢《あふ》れていたとしたら、いったい私のような子どもの生活はどうなっていたのだろう。

その図書館には村岡花子訳の翻訳小説もたっぷりとあり、それを夢中になって読んでいた頃は、海外の家庭生活がまるでよく見知った世界のように親しいものに思えた。翻訳者に村岡花子の名前があると、不思議な安心感を覚えた。けれど、高名な翻訳家、という以外、彼女のことはほとんど知らなかった。

最近、その村岡花子の生涯が、彼女の孫に当たる、村岡恵理さんの手によって文章化され、『アンのゆりかご』(マガジンハウス)という一冊の本になった。この連載でも何度か言及した片山廣子と彼女は、同じ東洋英和女学校の先輩後輩の間柄だ。村岡花子は十歳で親元を離れ、その東洋英和女学校の寄宿舎に入るのだが、その前までは南品川の、城南尋常小学校に通っていた。七歳のとき、大病をし、病の床で辞世の歌を詠《よ》む。

「まだまだと　おもいてすごしおるうちに　はや死のみちへ　むかうものなり」

これを見た両親は号泣したそうだが、さもありなんと思う。七歳で自分の死を覚悟し、こんな歌を詠む子なんて。

幸いにも花子は学校へ行けるようになるまで回復する。時は春、満開の桜。

「まなびやに　かえりてみれば　さくら花　今をさかりに　さきほこるなり」

死地から生還した、その生きてあることの喜びが率直に伝わってくる。繰り返すが、七歳でこれを詠んでいる。彼女がその少女時代を回顧した文章が、『アンのゆりかご』に紹介されている。

「……私は自分の子供時代——少女時代——を思い返すと、何だかいつも周囲とはなれていた自分の姿が見えてくる。どういうわけなのか、別にけんかするのでもない、非社交的でもない、然《しか》し、何となくまわりの友だちとちがったことを考えている私だったのである。

少女の日はなつかしく、また哀《かな》しい。」

——『親と子』より「小学生の頃」

東洋英和女学校の寄宿舎生活は、カナダ・メソジスト派の婦人宣教師たちと寝起きを共にする、当時日本にありながらそこだけ西洋といってもいい世界であった。村岡花子はこの寄宿舎生活で、名翻訳家「村岡花子」たる資質を磨かれる。入った当初はまだ十歳、それこそ「ものの感じ方のお手本」が、きら星のごとく周りに輝いていた。それからの彼女の一生は、個人的にも、また時代的にも、激動の中にあった。本来の彼女の倫理感からは考えられない、激しい不倫の恋の苦悩も経験した。目の中に入れても痛くないほど愛していた一人息子を六歳になる直前に失った。疫痢《えきり》であった。洋書を持っていただけで憲兵からにらまれるような戦時下、命がけで『アン・オブ・グリン・ゲイブルス』の翻訳原稿を守り通した。彼女の生涯を書き記す恵理さんの筆は、あるときは愛《いと》しさに微笑《ほほえ》み、またあるときは悲しみに打ちひしがれるが、最後まで主人公との間に程良い距離を保ち続け、抑制のきいた愛に溢れている。盲目的な身内礼《らい》賛《さん》ではない、すさまじい変転の時代を生きた一人の女性に対する深い共感からくる愛が、文章から滲《にじ》み出ている。村岡花子は恵理さんが物心つく前に亡《な》くなっているが、恵理さんはこの執筆作業を通じて、村岡花子の存在を、記憶を超えた、ご自分の感覚の裡《うち》に確立されたことだろう。その、たぶん個人的な心の深い部分で行われたであろう営みまで、思わず推察し、敬意を表したくなる力作であった。

小学生時代はあらゆる可能性に満ち溢れている、というようなことがよく言われるけれど、そしてそれはある意味では事実であろうけれど、その可能性が開かれる方角は、実はずいぶんと狭いものではなかろうか。雀《すずめ》百まで踊り忘れず、というが、ほかの踊りを知らない雀は幸せなのだろうか。いや、これが自分の踊りと覚悟を決めた雀は、そんなことを考えるゆとりなどないのだろう。

先日、小学校時代に親しくしていた友人と久しぶりに電話で話した。マダム・ランダウのエルネストのように、いつも私をさりげなく力づけてくれた、あの頃の口調がそのままだった。あの優しさが、彼女の存在の核、つまり一生彼女と共にある、雀の踊りのようなものであったのだなあ、と電話を切った後、さまざま思い返した。

「少女の日はなつかしく、また哀しい」、と書いたときの、村岡花子を思う。

19 プラスチック膜を破って

週末の土曜日の夜、十時頃、東京郊外のある駅での出来事だ。

特別快速電車を降りて、そこから普通電車に乗り換えようとする人々で、プラットホームは（ラッシュのときほどではないにしろ）比較的混雑していた。週末だというのに勤め帰りと思《おぼ》しき人々、遊びに行く途中、遊んできた帰り、という若い男女。一番端のプラットホームなので、線路の向こう側には夜がそこまで迫っている。プラットホームの照明も、都心のただ中のそれより、なんとなく郷愁が漂っている。

やがて電車が入ってきて、それからアナウンスが流れた。若い男性職員の声で、

「到着しました電車は……」

と一応の口上を述べた後、突然、

「ああ！」

と言ってアナウンスは途切れた。途端にホーム上、至る所で笑いの渦。うつむき加減だった勤め帰りのおじさんたちも、思わず噴き出しながら顔を上にあげて、叫び声の出所を探ろうとしている。

「なんだ、どうしたんだ」

「何が起こったんだ」

口々に公然と許された独り言のように呟《つぶや》く。

「笑い」というものは、こんなにも人の顔を希望に満ちた、明るいものに変えるのか、と私は目をみはる思いだった。入ってきた電車に乗り込みつつ、若い女の子たちは笑いながら（そのとき電車に乗り込んだ人々はほとんど全員がにこにこ笑っていた。何も知らない先客たちは、その駅で乗り込んできたのはみんなずいぶん陽気な人たちだと思ったことだろう）、

「知りたい！　あの『ああ！』のわけを」

「いったい何が起こったんだろう」

と上気した顔で言い合っていた。

もしそれが明らかに暴漢に襲われた類《たぐい》の悲鳴だったら構内は緊張感に満ちて、みな不安な表情になったに違いない。それがそうならなかったのは、その短い「ああ！」

が、はた目にはきっと何でもないだろうことに発せられた、当人だけの切実感、というようなものに満ちていたからだ。そしてそれは期せずして、バラバラだった人々の心をそのとき一つにした。みながなかなか笑い顔をやめなかったのは、その「一つになった」ことの心地よさもあったからだろう。

不特定多数の見知らぬ人々が行きかう場所では、みなそこをただの通過点として足早に文字通り通過するだけなので、連れがあるならともかく、そうでないときは表情も硬い。大げさに言えば、不慮の事故に巻き込まれぬよう、変な人とかかわり合いにならぬように、多少緊張気味で表情に乏しく自分の世界に入っている。人や物の、物質的な流れは盛んでも、個人の周りはカプセルのように閉ざされている。そのカプセルはまるで透明なプラスチックででも出来ているかのように、ちょっとしたことでは破れない。

だからこそ、電車内や駅の構内で、行きずりの、何の利害関係もない相手への対応に、その人の「本当」が出てくる。ぶつかって、あ、ごめんなさい、という言葉を、こちらを気遣う表情とともに言われ、思わず、いえいえこちらこそ、と返すとき、互いの間に流れる空気のすがすがしさ。プラスチック膜が破れて、空気の通りがよくなったのだ。

では、そもそもプラスチック膜でカプセルなんかつくらないようにすればいいのだ、とも思えるが、プラスチック膜カプセルはプラスチック膜カプセルでそれなりの効用がある。それは、「不特定多数」の放つすさまじい情報量から自分を守る、という効用だ。それぞれが発している「何か」をいちいちキャッチして読み込んでいったらそれだけで大変な消耗だ。よく、人混みに出たら疲れた、とか人酔いした、などという人は、プラスチック膜強化術に慣れておらず、気づかずにこの情報量の波にやられているのだろう。

それにしても前述の駅員の「ああ！」には本当に驚いた。普段、駅構内アナウンスでは、まず聞かれない声である（週末の夜、という若干開放的なシチュエーションが関係していただろうか）。

言ってみれば、これは彼の、マニュアル通りにアナウンスする、という「プラスチック膜」が破れた瞬間だったのだろう。それで聞いていた人々は、その「破れ」に敏感に反応して大笑いしたのだ。決して嘲笑《ちょうしょう》ではなく、ほのぼのとした、好意的な笑いだ。嬉《うれ》しくなって笑った、と言ってもいいだろう。

なぜ嬉しくなったのか。

それはきっと、思いもかけぬ「破れ」で、彼の人間らしさが見えたからだと思う。駅構内全体の空気の通りがよくなって、気分が高揚したのだろう。そしてこういう小さな出来事が、疲れたときに飴玉《あめだま》を口に入れたような作用を人に及ぼす。行きずりの人々と何となく連帯感をもってしまう、ということでは、ときどき思い出す出来事がある。

関西にいた頃の話である。

これもまた、郊外へ向かう電車に乗っていたときのこと。若い男の子が三人、それから二十代後半か三十代はじめと思われる、落ち着いたカップル、それにどこかフォーマルな場所を訪問されたのだろうか、とても上品な服装をしたご婦人が二人、向かい側の座席に座っていた。電車は通過列車を待っているのか、ドアを開けたまま、しばらく駅で止まっていた。

開け放たれたドアの外には、確か田んぼか畑かが広がっていた。突然、一番端に座っていた男の子の目が、胸の前あたりで泳いだ、と思ったら、大きな音を立てて、一回拍手した。どうやら、蚊が入ってきたらしい。男の子の視線が、隣の方へ移ってい

く。私にもちらりとそのすばしっこそうな蚊の姿が見えた。するとその隣の男の子が、

「あ」

と言いながらパチン。蚊はよろめきながらも、さらに水平方向に飛んでいく。その
隣も、そしてカップルの男の子も、みんな、

「あ」

「あ」

「あ」

と続けざまに声を出し、
パチン。

パチン。

パチン。

もうこの辺りで、その子たちの間には連帯感が醸《かも》し出されてくるのが分かった。そ
してカップルの女の子の方、勇んで、

「よし」

と言いながら、パチン。

「ああ」

だめだったのだ。その隣の上品なご婦人たち、口元にいたずらっぽそうな微笑《ほほえ》みを浮かべつつ、腕まくりしそうな意気込みで腰を浮かして、

パチン。

結局、蚊は見事逃げおおせてみんな大笑い。

何年か前の光景だが、このときも向かいで見ていて思わず一緒に笑ってしまった。だからといって、それからみなが急速に親しくなって、アドレスの交換まで始める、などということはもちろんなく、ただみなにこにこして、それぞれの目的地まで幸せそうな顔をしているだけだったのだけれど。

こんなことがなぜ人を、表情まで変化させるほど幸せにするのだろう。

隣の人の志を継いで(?)、自分がその無念を晴らしてあげよう、もしくは単に、協力して蚊の被害から自分たちを守ろう、ということでも、そのために動くとき、人は「プラスチック膜」を脱ぎ捨てている。最初の男の子が大きなアクションで蚊を叩《たた》こうとしたとき、この子のプラスチック膜カプセルは破れ、それに反応した乗客たちが次々同じようにプラスチック膜を破ってみせていったのだろう。

人はそもそも、プラスチック膜など、使わずにすむものならそうしたいのだ。だからそれが破れることにとても敏感だし、自分のそれを破る機会があれば、いつでも応じる用意があるのだろう。

群れの生き物であるということは、そのためのさまざまなスキルを身につけて生きていかねばならないということである。プラスチック膜のコントロールも、そのスキルの一つだ。上手に使えば、生き易《やす》くもなるだろう。

時折、プラスチック膜が硬化して、すっかり皮膚と同化してしまっているのではないかと思われる人を見かけることがある。表情に乏しく、喜怒哀楽が全く伝わってこない。生きることがあまりに大変で、常時プラスチック膜のカプセルを張り続けなければならなくなってしまったのだろう。

それはそれでそういう人として、傍らでただ見守っていけばいい。もしも何かのタイミングで、ふとその人に僅《わず》かにでも「破れ」ができたら、すかさず笑顔で迎えたい。温かい春風が、その人のカプセルの内側に吹き込まれるように。

20　やわらかく、いとけなきもの

仕事で関西へ向かっていたときのことだ。

新幹線の中でうつらうつらしていたら、突然、「サイトウケイゴくんのお母さま、いらっしゃいましたら三号車デッキまでいらしてください」という車内アナウンスが流れた。途端に、サイトウケイゴくんのお母さんが、小走りになって必死に三号車デッキへ向かう場面が脳裏をよぎった。サイトウケイゴくんは、いくつぐらいだろう。自分の名前が言えて、かつ誰と一緒に新幹線に乗っている、ということもちゃんと言えるのだから、四、五歳ぐらいだろうか。本当は二、三歳かも知れないけれど、私の頭の中には五歳ぐらいのサイトウケイゴくんの像がしっかり結ばれていた。

サイトウケイゴくんは、新幹線の長く連なる車両から車両へ、行けども行けどもお母さんのいる座席にたどり着かない、これはどうやら迷子になってしまったらしいと知ったとき、どんな気分だっただろう。五歳であるなら、自分のとるべき次の行動について、瞬時思い迷ったかも知れない。すぐそばに座っている見知らぬ大人の人に、「僕、迷子なんです」と言うべきか、いや、自分イコール迷子、という言い方はプライドの問題もあってちょっとしたくない、「あの、僕迷子になったみたいなんですけど」と告げるべきか、けれど、五歳の自分が、冷静にそう名乗るのも、相手は訝《いぶか》しく思うだろう。第一、切羽詰まった思いが伝わらないではないか。自分の窮境を知らせることができて、かつ、相手が自分のために即座に動いてくれそうな方法は……やっぱり、「大声で泣く」しかないか。ケイゴくんは、そう肚《はら》をきめて大声で泣いたのかも知れない。なぜそんなことを想像したかというと、私自身がそういう子どもだったからだ。

サイトウケイゴくんのお母さんはこの車両の通路を通るだろうか、と思って待つともなく待っていたのだが（何がしたいというわけでもない、ただ走り去る彼女の後姿に心の中で応援したかったのだ）、彼女のいた車両は、私のいる車両よりも「三号車デッキ」に近かったようで、結局それらしき人は見なかった。それ以降アナウンスもなかったので、サイトウケイゴくんは無事にお母さんに会えたのだろう。

車内をすごいスピードで、わき目も振らず歩き続ける青年に、出会ったことがある。あ、自閉症者の方だな、と思っていると、それから数秒後に、これもわき目も振らず、歯をくいしばるようにして同じスピードで付いていく、母親と思《おぼ》しき方がいた。周りの思惑などまるで視野になく、ただ、子どもを見失うまいという、その表情が何とも悲壮で、また気高く、胸を突かれた。何かできることがあったら（彼女が追っている間、荷物を持っていてあげるとか）、と思うけれど、こういうときは、邪魔にならないように体を避《よ》けてあげるくらいしかできない。

そういう場面を、数度、電車内で経験したことがある。だから「わが子のもとへと車内を走る母親」に並々ならぬシンパシーを持ってしまうのだろう。


今から五十年ほど前のことである。

現在齢《よわい》八十を超す知人が、当時三歳になったお嬢さんを、一人でご自分の実家まで行けるようにしつけたことがあった。知人の夫人は闘病生活を送っており、しょっちゅう実家のおばあさん（知人の母）が孫の世話をしに手伝いに来ていたが、その孫、つまりお嬢さんが一人でおばあさんの家へ通ってくれれば、皆の負担が軽減するのである。何よりお嬢さんがとてもおばあさんに懐《なつ》き、いつも会いたがっていたのだ。

そういう切羽詰まった家庭の事情もあり、知人はお嬢さんに路面電車の乗り方を教え、停車駅を教え、歩く道順を教えた。聡《さと》いお嬢さんだったのですぐに覚えた。けれど三歳である。

最初の日、知人は物陰に隠れ、そっと後を付いていった。曲がり角で言われたように左右を確認し、緊張した面持ちで歩く三歳児。彼女にとっては壮大なプロジェクトだ。父親の方もこのプロジェクトの無謀さはよく分かっている。それだけに、何かあったらすぐに飛び出していけるように、とこちらも緊張していたことだろう。三歳児は終始大真面目《おおまじめ》な顔をしながら、父親や祖母と通い慣れた電車に乗り、言われた停車駅で降り、それから子どもの足で小一時間はありそうな道を歩いた。父親は何度も飛び出したい思いに駆られただろう。観客は彼ただ一人。最後に彼女がおばあさんの家に飛び込んだのを見届けたときは（そのまま踵《きびす》を返して帰ったそうだが）、誇らしい気持ちといじらしい気持ち、褒めてやりたい気持ちでいっぱいだったに違いない。

子どもを思う親の気持ちは古代から変わらない。「総角《あげまき》」という神楽歌《かぐらうた》がある。総角というのは、

「古代の少年や若者の髪形《かみがた》のことです。髪の毛を長くのばし、頭の中央で左右に分け

て、耳の上のところで丸く巻《ま》き束《たば》ねます。この髪形を結《ゆ》った少年をも、あげまきといいました」

――『なげいたコオロギ』（桜井信夫《のぶお》・編《あむ》書房　以下の引用も同書より）

神楽は（土地の名前の一部として残っていることがあるが）、もともとは神社の祭りで神を祭るためにつくった舞台で、雅楽の演奏や舞、そして歌を奉納することを意味している。舞台で、楽人たちは「本方《もとかた》」、「末方《すえかた》」と左右に分かれる。

「総角《あげまき》　本《もと》
総角《あげまき》を　早稲田《わさだ》に遣《や》りて　や　そを思《も》ふと　そを思《も》ふと　そを思《も》ふと　そを思《も》ふと
そを思《も》ふと
　末《すえ》
そを思《も》ふと　何もせずして　や　春日《はるび》すら　春日《はるび》すら　春日《はるび》すら　春日《はるび》すら　春日《はるび》
すら
　又本返《またもとがえし》（同略）
　又末返《またすえがえし》（同略）

本方《もとかた》　あいさ　あいさ
末方《すえかた》　あいさ　あいさ」

という元歌の総角を、児童文学作家の桜井信夫さんが、「かわいい　わが子」として次のように訳している。

「かわいい子を
かわいい子を　ひとり
かわいい子を　わざと
とおい田の　みまわりに
やぁ
　ひとりだちよと
いかせたものの
やぁ
日がないちにち

こころのこりよ
こころのこりよ

あいさ　あいさ
あいさ　あいさ
あいさ　あいさ

かわいい子を　ひとり
かわいい子を　わざと
おやばなれ　子ばなれの
やぁ
ひとりだちよと
いかせたものの
やぁ
日がないちにち
たえず気がかり

たえず気がかり
　　あいさ　あいさ
　あいさ　あいさ
　　あいさ　あいさ」

古代歌謡の味わいを残した、すばらしい訳だと思う。

子を思う親の気持ちは古代から変わらない、と書いたけれども、最近その確信に疑問を突き付けられるような事件が頻発する。授乳中の赤ん坊へ目もやらず、もくもくと携帯メールをチェックする母親たちの話を新聞で読んだことがある。

ここ十年ほどの、私たちをとりまく環境変化はすさまじいものがあり、もしかしたらそれは古代から続く愛着の意識構造まで変えてしまうのではないかと思うほどである。

変化は仕方がない。ペット・ブームなど、愛情表現の形は変わっても、やわらかな、いとけないものを理屈抜きでいとしく思う気持ちが残れば、それが「社会全体の愛の総量」の減少化傾向を妨げる一助になる気がする。

子を思う親の気持ちで、若い人を見つめようと思う。いつもだとうっとうしがられ、気味悪がられるに違いないので、ときどき。

21　個性的なリーダーに付き合う

暮れの数日を、益子《ましこ》で過ごした。

東京方面から車で向かうとすると、益子へは、おおざっぱに言って、東回りで行く方法と、西回りで行く方法がある。

初めてドライヴする場所なので――本当はまったく信用していないのだが――ナビゲーション・システムをセットした。なぜ信用していないかというと、今まで彼女（ナビが私にアドヴァイスする声が女性なのである）が私に対してした裏切りの歴史ゆえである。何の変哲もない一直線に進めばいいだけの道で、彼女はそれが面白くなかったのか突然右折を命じ、更に長時間細い道の右左折を小刻みに繰り返させ、疲労困憊《こんぱい》させた上、結果的に大回りをして私を本線へ戻すという底意地の悪いことも、一度ならず、したのである。最初の頃、どうも今の大回りは必要がなかったのではないか、とちらりと思ったりもしたが、彼女の能力は私のそれをはるかに超えたものに違いないという、一方的な尊敬と気後れがこちらにあったので、いやいや、きっとあのままだと途中から急に一方通行になったりしたのだろう、それを避けるための大迂回路《うかいろ》だったのだろう、と自分に言い聞かせていた。が、身近な道路でたまたまシステムを作動させたとき、どう考えても無駄な遠回りを指示する、ということが幾度か続いて、彼女の知性に疑いを抱くようになった。決定的だったのは、私のよく知っていた琵琶湖周辺の国道で、まったく意味のない大迂回路を指示した（そのまま進めばものの十秒で到達するだろう地点へ、指示に従えば十五分以上かかって行くことになる）とき、思わず彼女に向かい、「（私がこの辺りを）知らないと思ってるでしょう！」と叫んだ。後ろめたかったのか、彼女は黙っていた。

これが私と彼女の間の亀裂《きれつ》を決定的にしたのである。

その後所用があって都心のある大学へ行こうとしたとき、まだその正門すら見つからないのに、「目的地周辺です。音声案内を終了します」といきなり職務放棄された。車一台がやっと通れるほどの細い路地が続く住宅地の真ん中にあった大学だったので、一方通行や行き止まり、切り返したりバックしたり、それからの気苦労は今思い出してもどっと疲れが出そうだ。

だが、ごく公平に言って、こういうことは十回に三回ほどのことである。あとの七回は、気の利《き》かない道順であっても、ちゃんと目的地に誘導してくれている。特に東京に不慣れな頃、彼女の助力がなかったらとても首都高速を走り回ることなどできなかった（まあ、これとても本当に適切なアドヴァイスであったかどうか、検証する余裕が高速運転中の私になかっただけの話だったのかも知れないけれど）。

問題は、彼女にナビゲーションしてもらっているとき、それがうまくいく七回の方なのか、疲労困憊させられる三回の方なのか、すぐに判断できず、たとえ、ああこれは三回の方だと途中で悟ったときでも、後続車が背後に迫る、駐車する場所もない道路を運転中、そこから抜け出す術《すべ》がすぐには見つけられず、結局彼女の気まぐれが終わるのを辛抱強く待つしかない、というところなのである。

さて、益子へ向かう道だが、そのときナビ・システムは東回りを指示した。連れとの会話に気を取られていたので、私はそのときそれをよく検証しなかった。西回りの方が近そうだったが、連れは英国から来たので、大都市を離れた日本の山村の風景を見てもらえればいい、という気持ちもあった。

英国には柿《かき》の木がない。連れは、柿というものを見たこともない。もちろん食べたことも。ほとんど葉を落とした冬の柿の木に、取り残した朱色の実が唯一《ゆいいつ》の彩《いろど》りとなる、懐《なつ》かしい日本の農村の景色を見せて上げたい。どこかの農家の軒下で、干し柿が揺られていればますますいいなあ、などと、虫のいいことを考えていた。

それが気づけば、彼女（ナビ）は連れのおしゃべりに気圧《けお》されたかのように寡黙《かもく》で、車はまだ高速の自動車道を走っているというのに、ナビの画面の中では私たちは道なき道を移動しているのである。こういうことはこれまでもときどきあった。新しい埋立地を走っているときは、海中を進んでいるようだった。けれどこの自動車道がそんなに新しくできたものには思えなかった。慌《あわ》てて次の出口で地元の道に降りる。降りる際に料金所ボックスの中にいる方に益子へ行く道を訊《き》いた。まっすぐ行って最初の信号を左、次をまた左、ということだった。そのうちに益子、という文字が案内表示板に出てくるから、と。その通りに進む。この間、彼女（ナビ）は何も言わない。画面表示からも行き先ラインが消えている。パニックを起こしていたとしか思えない。どうしたものか、考えていたのかも知れない。表示範囲を拡大してみても、自分たちのいる場所と益子との関係が見えてこない。しばらくすると、彼女は急に、こうしてはいられない、というように、決然たる口調で二キロほど先を右に曲がるように言い出した。

ええ？　ほんとう？　と確かめるが、彼女は勝手に画面表示を拡大して見せて、高圧的なこと、この上ない。言われた地点が来て、恐る恐る、右へ曲がる。同乗の英国人でさえ、「こんな道、ありえない」という、舗装もされていない、車が通れるのが不思議に思われる道へ降りていく。それから先は、紆余曲折《うよきょくせつ》あったが、結果的に彼女は、右に曲がれと言い出した時点で私たちが走っていた道路を、逆戻りさせる気だったのだと分かった。つまり、料金所のおじさんが左に行くように指示した道を、右へ行かせたかったのである。葛藤《かっとう》は残ったが、私は彼女の言う方に従った。料金所のおじさんは、結局最後まで私たちに付いてきてくれるわけではないのだ。

後で地図を確認し、料金所のおじさんが指示してくれた道がやはり一番近くて穏当な道だったと分かった。でもまあ、思い描いていた山村の風景も堪能《たんのう》でき、最終的にはなんとか陽の暮れる前に益子に着いたのだった。

彼女みたいな人が家族にいると、やりきれないなあ、と思うが、考えれば家族でなくても身近に彼女のような人を私はたくさん知っている。で、私がその人たちを嫌いかというと、それがそうでもないのだ。彼ら、彼女らはときに何の根拠もなく自信たっぷりで指示を出し、ああ、それは目的に達するには迂回の道であることだなあと思うのだが、ナビの彼女がそうであるように、本人たちにも分からない、何らかの判断基準があっての選択なのだろう。一緒に行動するときは振り回されて大変だが、それに十分値するぐらいの人間的経験が得られるような充実も、まあ、あるように思われる。それを充実に変えるコツは、迂回してるんだけど、まあ、いいや、と、即座に目的を本来のものからそのプロセスを楽しむことにスライドさせることだろう。それは分かってはいるが、間に合わなければ迷惑をかけるところも出てくる。いろいろな都合があるので焦《あせ》る気持ちも起こる。今はこんなに大変だけれど、きっとこれも思い出になる、と自分を慰めつつも、もう二度とあんたの言うことなんか聞くものか、と本気で腹を立てる瞬間もある。が、それもこれも、最新のナビでは得られない経験だとも思っている（最新のナビがそんなに有能なのか、実は疑いも持っている。今なら古い付合いの彼女の方が、癖が分かっているだけに――例えば右折の画面に出ている信号は、実際の信号の次の信号の場合が多い、など――、まだましなのではないかと）。

でないと、とてもこんな彼女とは付き合っていられない。絶対に最新のナビに変えるべきだ、と忠告してくれる人もあるが、仲が悪いなりに愛着が芽生えているのである。

ナビの彼女を、まるで意地悪な上、気の利かない能力の低い女性のように書いてしまったけれど、考えてみれば、私自身、あまり意識したことはないが、周囲にそうふるまうことがある気がする。

自分の好奇心の赴くままに、本来の目的地からどんどん遠ざかる形になっても誰も何も文句を言わない一人旅をし慣れていると、同伴者があっても、つい、目的外のものに夢中になる癖が抜けない。もちろん団体で動くときの最小限の礼儀は心がけているつもりだが、夢中になっているということは隠しようもないらしく、周りが気を使ってくれているのだろう、いつのまにか、「じゃあ、そこ行きましょうか」と予定が変更され、恐縮してしまうこともある(でも喜んでいる)。家族でなくても、一緒に付いてきてくれる人々は大変だろうと改めて思う。

『アフリカの日々』(イサク・ディネセン著、横山貞子《さだこ》訳 河出書房新社)の中で、書き手のイサク・ディネセンと思《おぼ》しき農場主が、夜、ベッドの中で突然、その日ナイロビへの往復の車中、道端で現地の子供たちが通行人に仔鹿《こじか》を売りつけようとしていたのを思い出す場面がある。あの生まれたばかりの仔鹿は、炎天下、足を縛られたまま、一日中乱暴に扱われていた、なのに自分は往き帰り二度もその仔鹿を見ながら見捨てたのだと思い至り、屋敷の使用人をすべてたたき起こし、あの売りに出されていた仔鹿をすぐにここに連れてくるように、朝までにそれができなければ全員クビだ、と、言い渡す。

彼女は本来、傲慢《ごうまん》な（貴族的なそれはあるかも知れないが）人間ではない。本当に全員クビにするわけはないと思われるが、使用人たちは慌てて彼女の言うことを聞き入れ、実際朝までにその仔鹿を探し出してくる。

共感性があるのかないのか分からない。この場合仔鹿に対してはそれがあり、夜中に走り回らされる使用人に対しては、明らかに、ない。けれど、彼女が使用人を含む現地の人たちに細やかな視線を送っているのも、また事実である。何かとても極端なものが不思議なバランスを取ってキラキラと輝かしく一人の個人の中に現れており、彼女の家の使用人たちには、それに魅せられるようにして指示に従う、という部分もあるに違いない。今回の命令はどうだかなあ、と首をひねりつつも。

家、というのは社会的な群れの最小単位だけれど、地域社会、会社、たとえば国のリーダーが、どう考えてもばかばかしい政策を掲げたときにはどうしよう。従うのか、意見するのか、見限るのか。政策が影響する範囲内にもよるだろうが、もっと他に何かあるだろうか。

大小にかかわらず、群れで生きるということは、個性的なリーダーに付き合っていく術を、それぞれ学ばねばならないということでもあるのかも知れない。

22 「アク」のこと

近所の方から立派なウドをいただいた。一本の丈が七十センチを超える。

ボウル二つに酢水をいっぱい用意しておいて、水でざっと洗ったウドの皮を剝《む》く。途端に鮮烈なウドの香りが辺りに広がる。剝いた皮は一方のボウルに。アクの強い早春の芽生えものは、たいてい酢水につけて変色を防ぐ。レンコンなどもそうだから、早春のものに限らず、アクの強いものは辺りにいろいろあるものだ。

木の芽どき、という言葉をよく聞くのもこの頃である。陽気につられて何となく浮かれた人が多くなる時節、という意味合いの「何となく浮かれた」というところをもっと尖鋭《せんえい》化して、人の「気がふれる」時期、とはっきり言いたいときによく使う。実際この時期は、ただでさえ精神に持病を持つ人たちには好ましい気候ではない。悪化する人が多いのだ。精神的なものに限らず、私の家族はアレルギーを持つ傾向があり、頻繁に病院通いに付き合ううちに、「春先のもの」がアレルギー症状を増悪《ぞうあく》させる場合があることを知った。「春先のもの」そのものがアレルギーを起こすのではない。その人がもともと持っている卵アレルギー、小麦アレルギー等が、どんどん敏感になってしまうのである（普段はこのくらいは食べても大丈夫、なはずが、大丈夫でなくなるのだ）。

「春先のもの」には、何かを動かす力があるのだろう。

冬の間に溜《た》め込んだ毒素を出して、体をきれいにするのだ、という説もあり、私はこの説が好きだ。春先、精神的にトラブルを抱え、心ならずも不安定になったり妄想的になっている人に、今、あなたの体中の悪いものが出てきているのかも、今はそういう季節だから、と話すと納得してくれる場合も多い。もう少し我慢して、生きてみよう、お互い。

さて、ウドであるけれど、剝いた皮は細く切り、同じように切った人参《にんじん》とともに胡麻油《ごまあぶら》少々で炒《いた》めてキンピラにする。あとは短冊《たんざく》に切り、炊《た》き込みご飯にしたり、酢味《すみ》噌和《そあ》えにしたり。くださった方が、「お味噌汁に、ね」と念を押していたのを思い出し、ウドの色を生かすため、淡白な白味噌仕立ての味噌汁にも。これは初めてだったけれど、なるほど香りも歯触りも良く、とてもおいしかった。

皮を剝き、短冊に切り、それぞれ酢水につけアクを抜き、と、そこまでやると、あとは好きなように料理ができるので、ここまでが下ごしらえ。これをやっている間、ずっとウドの香りに包まれている。ああ、幸せだ、と思う。食べることも嬉《うれ》しいが、そのとき満たされるのはせいぜい味覚と嗅覚《きゅうかく》である。「ウド仕事」をしているときは、硬めの産毛《うぶげ》に覆《おお》われているようなウドを触る手触り、それを剝くときのシャッという音を聞く快感と、立ち上る香りの清冽《せいれつ》さ。酢水の中で透き通るような白と早緑《さみどり》の混交を見る喜び。切ったばかりの（まだアクの出ない）短冊を、酢水に入れる前にこっそり口に運ぶ喜び。文字通り、五感が沸き立つような経験である。こういうとき、ああ、料理というのは何と贅沢《ぜいたく》な喜びであろう、と、食べるだけの人たちに対して申し訳なくさえ思うのだ。

関西に住んでいた頃は、毎年「フキ仕事」が、それに類する仕事だった。大量にいただいたか、刈ってきたかしたフキの、葉をまず落とし、茎部分と分ける。

フキの葉は、一回熱湯でさっとゆでてそれが冷めるまで置いておき（この時点でアクが出てほとんど茶色だ)、あと数日水を換えながらアク抜きをする。アクとともに苦さも出て、それでも、苦くて苦くてしようがない。でもこの苦さが、つまり、毒素を出してくれるんだろうなあ、とも思いつつ、細かく切って油で炒め(油分が入ると苦味はだいぶ緩和される)佃煮《つくだに》にしたり、そのまま塩漬けにしたりする。フキの茎部分はまず、まな板の上で塩を振り、手のひらでゴロゴロして板摺《いたず》りをし、産毛みたいなものを落とす。曇りのようなものに覆われていたフキが、本来の緑の片鱗《へんりん》を見せる。で、一度またこれも熱湯でゆでて、水に晒《さら》す。この段階で見る見る透明性の高い瑞々《みずみず》しい緑に変わっていく。皮を剝いていく。爪《つめ》を使って剝いていくのだが、だんだん爪がアクに染まっていく。アクというものは、常に外に出ようとしているもののようだ。人のうちに在る「アク」もきっと、そのようなものなのだろう。

フキのこの早緑を生かすためには、もう決してこれ以上煮立てたりして無理にアクを出すようなことをしてはいけない。今のこの早緑は、わずかに残ったアクで持っているようなものなのだから。だから、別仕立てで淡い色合いの出し汁をつくり、冷まして、それに切ったフキを漬ける。すでに壊れた細胞の隙間《すきま》から、しみじみと味が入っていくように。

アクの強さはそのものの持ち味のようなものなので、あんまり取りすぎると風味がなくなる。けれど、「春先のもの」のそれには、「じっとしていたものを動かす」春の力が充満しているので、付き合い方を学ばねばならない。

タケノコもそうだ。幼い頃よく行っていた田舎の近くに孟宗竹《もうそうちく》の竹林があって、本当に、朝と夕方でタケノコの高さが違うのだ。すさまじい生長力なのである。皮は細かい毛が密生していて、ビロウドのような艶《つや》と手触り。アクを抜くために、皮つきのまま斜めに包丁を入れ、米ぬかを入れて炊く。掘ってすぐのタケノコは、それほどでもないのに（お刺身のように生食できる）、そのアクは時間が経《た》つほどに現れてきて、掘ってしばらく経ったものを炊くと、節と節の間に白いアクが溜まる。それを丁寧に取り除いて、根に近い部分は細かく切ってタケノコご飯に、あとは煮物等に使う。フキやお揚げと炊き合わせたのが、我ながらあまりにおいしくできたので、一度食べすぎて胃にもたれ、気分が悪くなったことがある。自業自得《じごうじとく》だ。悪いもの云々《うんぬん》以前の、繊維の多いタケノコ自体の消化不良を起こしたのだろう。

昔、有機農法の野菜を配達してもらっていたことがある。使っていた堆肥《たいひ》も、かなり栄養分が強かったのだろう、野菜は市販のものより一回り小さめで、色は緑が濃く、ホウレンソウなど暗緑色と言っていいほどで、食べるとぽくぽくした。今思えば堆肥の窒素分が強すぎたのだろう、着いた翌日にはすぐにしなびてしまう。自分自身の「アク」を持て余すかのように。

それから私の興味は自然農法のほうへ移っていった。無理に太らせない、栄養過多にしないその土つくりは、そこから採れる野菜にも反映されていて、風にそよぐ野の草のような風情《ふぜい》があった。食べても、そのほうが爽《さわ》やかなのだ。帰するところ、「アク」の問題だと思われた。

植物だけでなく、人の心にも「アク」は否応《いやおう》なく生まれてくる。虐待《ぎゃくたい》を受けた可能性のある子どもたちに対しての法的処遇を考えるプロセスで、あるいは心理療法の一つとして、人形などを使い、そのトラウマの元となった出来事を再現させることがある。性的な被害に遭った子どもが起こったことを説明しやすいように、男女別の違いをはっきりさせた人形もあるらしい。実際それを行うかどうかは、現場のカウンセラーの慎重な判断によるのだろうが、子どもにとっては、追体験になるわけで、よかれと思っても素人《しろうと》が無理に子どもに強いるようなことではない。治療のためなら、いつかその消化できない「アク」が、外に出てこられるときを、本人も周りも焦《あせ》らず待てばいい、と強く思う。

三十年ほど前のことだが、英国にいたベトナム難民の女性と知り合いになった。料理店に働いていたその女性は――こういうふうに言うとどこか冷たい感じがする。友達だったのだ、だからこう言い直そう――その友人は、あるとき私に、自分の目の前で虐殺された両親や弟の話を始めた。言葉を絶する残酷なシーンを、まるで映画の話でもするように語る友人の心理状態に付いていけず、そのあっけらかんとした（私はまだ若く、そういう私に配慮したのだろうか、今にして思えば）明るい顔をただ見つめていた。

英国で難民として受け入れてもらうために、おそらく何度も何度も繰り返した話だったのだろう。本人は平気そうな顔をしていても、きっとしゃべるたび、自分のどこかが血を噴き出すような思いをしていたことだろう。それとも、そのときのショックがあまりにも大きく、彼女は自分の柔らかな感情の部分を麻痺《まひ》させたままだったのだろうか。彼女から出てくる「アク」が私に移り、私はおそらく彼女が流すはずだった涙を、その夜流すことになった。

そうなのだ。

「アク」は簡単に爪を染め、布を染め、心を染める。その「アク」の質によっては、一度染まったら、二度と元には戻らない。知らなかった自分には戻れない。

私はひどい肩凝りである。

体が本当に凝っているとき、中途半端《はんぱ》にマッサージなどしないほうがいい、というのもよく聞く。変に「おこして」しまうとかえって大変になる。悪いもの——「アク」——が体の中にあったとして、それを追い出さずになあなあとうまくなだめて大人しくしていてもらう。

さあさあと追い詰めて、白黒はっきりさせようじゃないかと、「誰か」を決定的な破滅に追い込まない。これもまた、群れ社会で生きる智慧《ちえ》の一つのようだ。

これは結局、その「誰か」にも、問題にも向き合っていないとも言えるが、本当に「アク」に向き合おうと思えば、それなりの体力も気力も必要だ。今はそういうコンディションではないと思われたら、「アク」であるところの問題を、とりあえず対決先送りにするのは理にかなった判断だと思う。一生取り組めなくて終わったら、それは結局、少なくともその人が生きていく上で、取り組む必要がなかった問題なのだ。めでたし、めでたし、なのである。

23　百パーセント、ここにいる

先日、日が暮れてから世田谷美術館へ向かった。

日中、家族連れでにぎわったであろう砧《きぬた》公園は、月のかかる時間となっていた。喧《けん》騒《そう》の時間が終わり、さあ、ようやく自分たちのことに取り掛かれる、と、芽吹きの準備に忙しい木々が、内側への静かな熱中のあまり、それが過ぎて、仕事が外に、洩《も》れ出てきたというような春の空気。

美術館が閉館となっている時刻、まるで秘密結社の集まりのように、一人、また一人、と黒い人影が公園の木立を抜け、同じ方向を目指していく。月は雲間に隠れがちで、皓皓《こうこう》たる、とはいかなかったし、外灯も乏しかったので、足元が不確かだ。要所要所に係りの人が立ち、懐中電灯を持ちながら、丁寧に行く先を教えてくれる。そのときは知らず、あとで考えると、その道行が、まるで庭を通って茶室に導かれるときのようで、これから向かう目的の「場所」への、心と体のチューニングがすでに始まっていたようだ。建物の入り口に特設された受付ですら、薄暗い照明だった。

行われるのは、世田谷美術館のエントランス空間を若手アーティストのパフォーマンスの場として生かそうという、「トランス／エントランス」という試みの、七度目になるもので、この日のタイトルは『in statu nascendi』（生まれいずる状態において）、ボヴェ太郎さんの舞踊、音楽は原摩利彦《まりひこ》さんのピアノ。

舞台となるエントランス空間の照明は、大きめの電熱球一個が吊《つ》り下げてあるだけで、無論のこと、暗い。上演を待つ間、友人と挨拶《あいさつ》をするのにも、目をしっかり相手に見据えないとならない、「誰《た》そ彼《かれ》」の昏《くら》さだ。この電球の明度は、ほんの少しずつ、気をつけて見ていなければ分からないほど、上演中に変化していった。

明るさや音が、強烈であるほど感覚が揺さぶられるわけではない。乱暴に言えば、ハリウッド映画のように刺激が大きければ大きいほど感覚自体は麻痺《まひ》するし、入ってくる情報が少なければ少ないほど、僅《わず》かな差異を認識しようとより感覚の間口は大きく開かれ、感度は高く研ぎ澄まされていく。

観客は中央に敷かれた、あるかなきか分からぬほどの薄さのアクリル板（これが舞台に見立てられている）を囲むようにして座っている。この企画をプロデュースされた、世田谷美術館の学芸員、塚田美紀さんによれば、この形は今回が初めてで、ボヴェ太郎さんの発案だという。

そうこうしているうちに、いつのまにか、片隅の暗がりの方から、すうっと何かが抜け出すようにして——まるで能舞台でシテが登場するように——黒い衣装に身を包んだボヴェさんが現れた。さあ、始まるぞ、というような前触れは一切なく、場の気配を読み、その間隙《かんげき》をとらえてするっと空気の流れに乗った、というように自然だった。

照明が一番暗かったのは、彼が最初に中央に立った、そのあたりだったような気がする。それでも窓の外からの月明かりで、動きを鑑賞するのは可能だった（友人の説によると、それは外の自販機の明かりだった、というのだが、確かめていない）。

少しずつ、その「場の形」を有機的に生成させるにふさわしい荘重さで、動きが生み出されていく。ことに彼の肩甲骨《けんこうこつ》、三角筋から上腕の各筋へ伝わる動きが、実際は本当にゆっくりなのにもかかわらず、まるで上空の大気の中を猛スピードで滑空するオオワシの翼のように見えてしようがなかった。

私はオオワシが好きで、日本でオオワシが見られるところはたいがい足を延ばし、そして実際会ってもきた。好きが高じて昨年はカムチャツカ沖の孤島で、営巣《えいそう》中の彼らにも会ってきた。羽ばたきをしながら飛ぶ練習をする雛《ひな》にも会った。オオワシは群れずに孤独な旅を続けるのが本性の鳥である。ノンストップで諏訪湖や琵琶湖まで飛び続ける個体もある。そういう、内なる力の充溢《じゅういつ》が、彼の動きの中に彷彿《ほうふつ》としたのだった。

影が、壁に映る、その影の濃さでも、照明の明度を測ることができた。影は、生じて、やがて消える。薪能《たきぎのう》の薪のように、闇《やみ》の中で揺らぐ光を受けて、本性が見え隠れする。思わず耳を澄まし、目を凝らし、五感が否応《いやおう》なく研ぎ澄まされていく。

原さんのピアノの音は、空間に落ちる滴《しずく》のようで、あるときはさりげなく葉っぱを滑り落ち、またあるときは天空の彼方《かなた》からただまっすぐにこの一点を目指してくるような、優しさと緊張を含ませて顕《あらわ》れた。

「場」は、その音と、照明と、ムーヴメントの三つが付かず離れず、互いが互いの触媒となり、感応し合い、またそのことを自覚し合っている若い感性たちの、濃密な気配と心地よい緊張に満ちていた。

そこが、昼間は美術館のエントランスホールとして機能しているということを思えば、まことに「場」というものは生成されうるもの、もっと言えば、発信されたものの受信体である観客の数だけの「場」が、あのときそこに独立して生じ、また露のように結ばれ、散じていったのだろう。

ちょうどこの公演の前後、『日日是好日《これ》』（森下典子《のりこ》　新潮文庫）という本を読んでいた。学生時代から二十五年習い続けている茶道について、著者が文字通り「自分の言葉」と「感覚」で綴《つづ》った本である。

私も学生時代、茶道の教室に通っていた経験があり、著者・森下さんの迷いや要求されている所作がなかなかできない悩みや、ふとしたときにやってくる「気づき」にはとても共感した。茶室という「場」で研ぎ澄まされるあの独特の感覚も、もう少し長く続けていれば、森下さんのようにもっと得るものがあったものを、と悔やまれる。このときのボヴェさんの公演とその本で示唆《しさ》される「気づき」の世界は、不思議に重なっているように思えた。

「……一つのことがなかなか覚えられないのに、その日その時の気候や天気に合わせて、道具の組み合わせや手順が変化する。季節が変われば、部屋全体の大胆な模様替えが起こる。そういう茶室のサイクルを、何年も何年も、モヤモヤしながら体で繰り返した。

すると、ある日突然、雨が生ぬるく匂《にお》い始めた。『あ、夕立が来る』と、思った。庭木を叩《たた》く雨粒が、今までとはちがう音に聞こえた。その直後、あたりにムウッと土の匂いがたちこめた。

それまでは、雨は『空から落ちてくる水』でしかなく、匂いなどなかった。土の匂いもしなかった。私は、ガラス瓶の中から外を眺めているようなものだった。そのガラスの覆《おお》いが取れて、季節が『匂い』や『音』という五感にうったえ始めた。自分は、生まれた水辺の匂いを嗅《か》ぎ分ける一匹のカエルのような季節の生きものなのだということを思い出した。—略—

前は、季節には、『暑い季節』と『寒い季節』の二種類しかなかった。それがどんどん細かくなっていった。春は、最初にぼけが咲き、梅、桃、それから桜が咲いた。葉桜になったころ、藤の房が香り、満開のつつじが終わると、空気がむっとし始め、梅雨のはしりの雨が降る。梅の実がふくらんで、水辺で菖蒲《しょうぶ》が咲き、紫陽花《あじさい》が咲いて、くちなしが甘く匂う。—略—

私にとってみれば実際は、お茶に通う毎週毎回がちがう季節だった。

どしゃぶりの日だった。雨の音にひたすら聴き入っていると、突然、部屋が消えたような気がした。私はどしゃぶりの中にいた。雨を聴くうちに、やがて私が雨そのものになって、先生の家の庭木に降っていた。

(『生きてる』って、こういうことだったのか!)

ザワザワッと鳥肌が立った。」――森下典子『日日是好日』(新潮文庫)

しかし彼女も二十代の頃は、「自分だけ、人生の本番が始まらないような気がした。いつまでたっても、スタートラインにすら立てない。足元がグラグラする。―略―走らなければいけないと、じりじりする。だけど、いったいどこへ向かって走ればいいのかも、わからない」という心境だった。そんなときお茶のお稽古《けいこ》に行っても、「悠長にお茶の稽古なんかやってる場合じゃない。―略― こんなことしてる間に、みんなはもっと先に行ってしまう」と思う。先生の前でも、間違いや不注意が連発され、先生に「あなた、今どこか、よそへ行っちゃってるでしょ」と言われる。森下さんには意味が分からない。先生は続けて、「ちゃんと、ここにいなさい」と言う。「濃茶に聞きながら『練って』ごらんなさい」とも。

「……濃茶にお湯を少なめに入れ、ゆっくり茶筅《ちゃせん》でかき回す。穂先が少し重くて、泥に足を取られているような感じがする。

（これが『岩絵の具をとく』っていう感じなのかな……）

四、五回ゆっくりかき回したところで、いきなり濃茶特有の香ばしさに鼻の付け根を打たれた。

（あ、今、お茶の葉が目覚めた！）

その香りは爆発的で、茶碗《ちゃわん》の中で、化学変化が起こったかのようだった。—略—

そのまま練っていると、抹茶とお湯をかき回す茶筅の穂先が、フッと軽くなる瞬間があった。別々だった『粉末』と『お湯』の分子同士が、たった今結合して、『茶』になったんだと思った。茶筅を介して伝わってくる微妙な感覚の変化を通して、ミクロの世界がわかるような気がした。—略—

気がつくと、私はただ黙々と濃茶を練っていた。お釜《かま》の前に座って、抹茶を練る感覚に、その一碗を練ることだけに、自分の『心』のすべてを傾けていた。

さっきまで、（お茶なんか、やってる場合じゃない）とじりじりし、走り出したいような気持ちだったのに、焦《あせ》りはいつの間にか、消えていた……。

その時、私はどこへも行かなかった。百パーセント、ここにいたのだ。」　——同

森下さんの言う、自分が百パーセント、ここにいる、という感覚は、自分自身がそ

の「場」に生起している何者かになりきる、つまり、「場」を生き切っている、ということなのだろう。慌《あわ》ただしい日常を送っていると、二十代のときの森下さんでなくても、心の上《うわ》っ面《つら》と、深い部分が乖離《かいり》していくのを感じるときがある。五感の百パーセントをかき集めるようにして、丁寧に、例えば今、目の前にいる相手に応対してみよう、と思う。バラバラになった自分が、そういうとき、きっと焦点を結ぶ。相手を大切に思う、というその一点に。

24 「いいもの」と「悪いもの」

今年も山本実紀さんからの「サフォークくつ下」が届いた。

山本さんは、羊飼いだ。女性だから、shepherd じゃなくて shepherdess になる。岩手県の農村で、（今は）二頭の羊たちと共に暮らしている。もともとは会社勤めをなさっていたが、母羊のもとを離れた幼い子羊（名前はてんてん）に出会い、文字通り寝食を共にしているうちに、羊飼いを専業とするようになったのだ。

こういう（私にとっては夢のような）暮らしを現実のものにするには、並大抵ではない苦労もおありになろうかと思うが、そのひとつひとつにきちんと自分の心と体で向き合いながら対処している。

私はしっかりと温かい靴下が好きなので、厚手のそれはたくさん持っているし（溜《た》まっていくし）、アウトドア防寒用の靴下も何足かある。だが、そのどれもこれも、彼女の送ってくださる「サフォークくつ下」の履き心地の良さにはかなわない。化学染料を使わない（熱処理でウールにダメージを与えないため）、健やかなサフォーク・ウールの、ざらっとした感触は頼もしい。紡毛糸なので、紡《つむ》がれる間に空気もたくさん含むのだろう、梳毛《そもう》よりも温かい。掛け値なしに「いいもの」だと思える。

この「いい」という感覚はどこから来るのだろう。自然素材だから、という理由が全《すべ》てではない。適度の強さと弾力を持たせるために、ナイロンやポリウレタンも混紡している。

戦後、女と靴下は強くなった、というようなことが言われたそうだが、この靴下は、喜んで履いているといつのまにか穴があいてしまう。強く、耐久力があることが、「いいもの」の条件の全てなら、私の感覚はおかしいことになる。

確かに最近の靴下は耐久力がある。穴があかない。穴があくより先に、ゴムの部分が駄目になる。そのことに改めて気づいたのは、「サフォークくつ下」の穴にしみじみ見入り、ああ、そうだった、靴下って穴があくものだったっけ、と感じ入ったときだった。

いつか山歩きをしていて転んだとき、アウトドア用のパンツの膝《ひざ》小僧は破れも傷《いた》みもしていないのに、何かちくちくと痛みを感じ、めくり上げると生身の膝小僧が血を流していたことがあった。

「いい」という判断基準の一つは、受けたショックを誤魔化さない、ということではないだろうか。穴のあかない靴下は果たしていい靴下だろうか。受けたショックにはいつかは帳尻《ちょうじり》を合わさないといけないときが来る。

足が受けるはずの衝撃を、けなげに我が身に引き受けて、正直に摩耗していく誠実さ。頑張った末に擦り切れた毛糸の実直さ。


物事を「いいもの」と「悪いもの」に分けるのは、子どもによくある判断基準だ。ヒーローごっこの遊びなどでも。子どもだって、「悪いもの」の役をするのはいやなので、ヒーローの役をやりたいのは皆同じ。でも、誰かが「悪いところ」を引き受けなければならないとしたら。

「CRACKER」（邦題「心理探偵フィッツ」）という英国のテレビドラマを観《み》ていて、何とも言えない気持ちになった。

カメラはマンチェスターのライヴハウスで、イラク戦争をネタにトークショーを行っている米国人のコメディアンを映す。イラク人の命が自分たちのそれと対等なものでないことを前提にして笑いをとるようなその内容に、たぶん、ほとんどの視聴者は反感を持たざるを得ない。犯人のケニーも同様に反感を、そしてそれ以上に彼は殺意まで芽生えさせてしまう。

ケニーは、過去に北アイルランド戦線で心理的なトラウマを抱えた元兵士で、現職の警官でもある。毎夜「自殺防止協会」に電話し、カウンセリングを求めるような、苦悩に満ちた日々の中、偶然そのコメディアンの無神経なパフォーマンスに出会い、彼を殺害。その後、皮肉にもその殺人事件を捜査するスタッフの一人として現場に配属される。そのケニーの悲惨な過去も知らされている視聴者は、どうしたって、それから犯人・ケニーの側に共感しながら観ていくことになる。

殺害されたコメディアンはまだ二十代と思《おぼ》しき若い青年だ。米国からその母親がやってきて、捜査陣を相手に、「犯人は、赤の他人です」と断言する。主人公の心理学者、フィッツが、その自信のある態度に少し違和感を覚え、「どうしてそう思うのです?」と訊《き》くと、「誰でも、息子に会ったことのある人なら誰でも、息子を愛するようになるに決まっています」と決然として言い切る。フィッツは軽く首を振る。

ケニーは警官として、その母親の護衛をすることになった。自分が殺した男の母である。ある夜、ホテルの部屋の外を見張るケニーを労《ねぎら》いながら、彼女はしみじみと殺された息子の話をする。

「彼は、いわゆる米国人とは違いました。ブッシュを嫌い、イラク戦争を嫌っていました。彼は、そういう意味では、米国人ではない、彼は、ニューヨーカーなんです。米国には、本当に珍しいことなんですが、そういう考えに反対している人々もいるにはいるんです。私たちはそういう数少ない人間なんです」

実際にその「ニューヨーカー」なる息子の傲慢《ごうまん》な言動に接していたケニーは、この母親の言葉に、絶望的なほど「アメリカ」を感じる。自分たちが善の側にあること、誰からも好かれているはずであること、いつも倫理的に「正しい」判断をするはずであること、を信じて疑わない。強くて、いつも「いいもの」のはずの「アメリカ」。

九・一一以後、ブッシュの対テロ強硬路線を支持してきた多くの米国人は、自分たちが世界の嫌われ者になった事実をどう受け止めていいのか分からない。嫌われているのは「いわゆる米国人」で、自分たちではない、と思っている。

それが真実であるかどうか、適切であるかどうかは別にして、この番組が結んだ『いわゆる米国人』と自分とは違うと思っている米国人」像は、今の英国社会が「米国」に対して抱く典型的なイメージを提示しているように感じた。他のヨーロッパ諸国より遥《はる》かに米国追随の道を歩んでいるように見える英国「政府」とは裏腹に。

「遠い空の上からだったら爆弾を落として殺せる。洋上の艦からだったら、いくらでも発射できる。しかし、お前らはこうして目と目が合うと駄目なんだ。人間愛が突然湧《わ》いてくるんだ。アメリカ人というのは、臆病者《おくびょうもの》で偽善者だ」

ケニーが二度目の殺人を犯すとき、発砲しようとしてためらう被害者に対して放つ言葉だ。一人の人間として相手を見ないから、大量殺戮《さつりく》、大量破壊が平気になる、と言っているのだ。

小さい子の遊びのように、「いいもの」「悪いもの」が簡単に自分の中で線引き出来る。そして自分はいつでも「いいもの」のはず、神は絶対に自分の側についておられるはず。そういう単純な頑迷さこそが、今ではすっかり周囲から持て余される要因となっているのにそれに気づかない。そしてその頑迷さがいつか自らの中で亀裂《きれつ》を生む。

毎晩自殺防止協会に電話をしていたケニーというのは、もちろん、架空の人物だが、彼のように、現場で戦闘経験を持つ帰還兵の抱える傷は、想像を絶するものがある。戦闘経験のなかったはずの、イラク派兵された日本の自衛隊員、約五千六百名の中からも、帰還後十六名の自殺者が出ている（防衛省のホームページより）。相当なストレスだったのだろう。自殺すれすれで苦しんでいる人々は相当な数字になるだろうと思われる。そして当の米国でのそれ――帰還兵のＰＴＳＤ――は、すさまじく深刻なのだ。

以前サハリンへ行ったときの、通訳兼ドライバーの男性も、その昔、一九七九年、ソ連によるアフガニスタン侵攻のとき、戦役についていた元兵士だった。

そのサハリン旅行の、最初の頃こそにこにこと愛想も良かったが、旅も終盤になると疲労とともに彼の地金が出てきて、実は自分はマフィアだったのだ、と、ある朝、朝食の席で話してくれた。ソ連邦が崩壊した後、警察もその機能を果たさなくなって無法地帯に近いようなことになった。ちょっと目端の利《き》いた男は皆マフィアになった、と。

彼の実感としてはそれが本当のことなのだろう。生き残るために動物が威嚇《いかく》のポーズを学習し、その遺伝子が風貌《ふうぼう》にまで威嚇の要素を取り入れていくように、生きていくために何かの「守り」が必要だったに違いない。いいもの、悪いもの、などと言っているゆとりはないのだ。彼の開き直りの方が、戦場で振りかざされる正義よりもよほど人間的だ。自分は「悪いもの」にもなりうるのだ、と自覚している人間の方が。

倫理的でありたい、と願う気持ちと、自分は倫理的である、と自負する気持ちは別のものだ。倫理的でありたい、と願いつつ、それができないことを自覚する人の方が、なんだか「いいもの」のように思えるのはなぜだろう。

きっと、その方が、感覚的に「いい」感じなのだろう。生地的には弱い部分があっても、足に優しい靴下のように。社会の物差しではない、自分の感覚、日常の中で育ててきた「アンテナ」がそれを告げるのだろう。万華鏡《まんげきょう》のように、瞬時に入れ替わり複雑に混じり合う「いいもの」とそうでないもの。

よく晴れた静かな午後。

木の高い場所、葉が茂り合った部分が、少しがさがさと揺れた。と、思ったら、小鳥が一羽飛び出し、空へ舞い立った。同時に同じ角度で同じ色をした、同じ大きさの木の葉が、対称の放物線を描いて地へ舞い降りた。一羽の鳥が二羽に分かれたような、鳥とその影が別れを告げ合ったような、不思議な一瞬で、虚をつかれた。

25　動物らしさ

昔、犬を庭で飼っていた頃の話である。

帰宅すると普段は大喜びで迎えてくれるはずの犬が、なかなか出てこないことがあった。名前を呼ぶと、物陰に隠れて顔だけ出し、目が合うと慌《あわ》てて引っ込む。ははあ、とピンと来て辺りを見渡せば、植木鉢がひっくり返っているとか、植えたばかりの球根が掘り返されているとか、すぐに彼女の罪意識の所以《ゆえん》が明らかになったものだ。

私がそれらを大事にしていることは分かっていて、まずいことになったとは思っているのだ。まさに「合わせる顔がない」とはこのことだろう。動物を飼っていると、彼らの行動がときとして人間を思わせるようなことがよくある。

オウムの仲間でインコ科に属するヨウムという種類の、大型のインコがいる。風貌《ふうぼう》はオウムにそっくりだが、灰色っぽい色合いでオウムの後頭部にあるような飾り羽がない。だが人間とのコミュニケーション能力は抜群で、文字通り「オウム返し」で言葉を発するのではなく、明らかに、意味が分かっていて、使いこなしている――飼っているとそうとしか思えない場面にも、多々遭遇するらしい。

オウム心理学者（?）のサリー・ブランチャードは、自宅で多くの鳥を飼っていたが、その中にボンゴマリーという名のヨウムがいた。けれど、ボンゴマリーは、サリーの飼っている他の鳥、とりわけアマゾン産オウムのパコを嫌い、軽蔑《けいべつ》さえしていた。あるときサリーが台所でチキン（正確にはシャモ）を料理していると、ボンゴマリーは鳥籠《とりかご》の中からずっとそれを見ており、サリーがオーブンからその鳥料理を取り出すと、もっとよく見ようとして、止まり木の端に移動した。そしてサリーがそのチキンを切り分けるため引き出しからナイフを取り出すと、

「ボンゴマリーは頭を空中につきだし、絶叫した。『あー気の毒なパコ！』サリーは笑いをこらえて、『これはパコじゃないわ』と言い、パコがすぐ近くで元気に生きている姿をボンゴマリーに見せてから、『わかった？　彼はだいじょうぶよ』と言った。ボンゴマリーは『うっそー』とひどく残念そうな声で答え、それからけたたましく笑

いはじめた。」

――ユージン・リンデン著、羽田節子訳『動物たちの不思議な事件簿』（紀伊國屋《きのくにや》書店）

人間の文脈でとらえると、趣味の悪い「笑い」だが、感嘆を通り越してその「賢さ」には空恐ろしささえ覚える。いやいや、これは「賢い」とは言わないのだろう。強いて言うなら知能の高さ、だろうか。知能の高さとずるさ、意地悪さはある程度比例する。成長する子どものグループを間近で見た経験のある方は、思い当たるところがあると思う。

それにしても人間の近くで生活していると、動物はその行動や反応まで人間に似てくるのだろうか。いや人間も他の動物も、基本的には同じようなものなのだろう。つまり、「動物らしい」のだ。

カッコウの仲間は、托卵《たくらん》（他の鳥の巣に、その中の卵と似た色合いの自分の卵を産み付け、養い親に育てさせる）することで有名だが、その獰猛《どうもう》な雛《ひな》は、他のどの雛（その巣の本来の子どもたち）よりも早く孵化《ふか》し、他の卵を、背中で巣の外に押しやって落とし、殺してしまう。親の運んでくる餌《えさ》を独り占めするためである。その様子を記録した写真も映像も、生々しくて一度見たら忘れられるものではない。

先日、それに似た行為を「体験」した。

Iデパートの、正面玄関から入って左側に案内所がある。訊《き》きたいことがあって、そこへ向かうと、一人コーナーの中にいる二人の受付嬢のうち、すでに一人は客と応対中。もう一人は、は、携帯電話で通話中の別の客を前にして辛抱強く待っている風。その通話中の客に（彼の通話が終わったら）渡すつもりなのだろう、簡単な地図を手にしている。遠目から、その地図の或《あ》る箇所に赤いペンで印がしてあるのが見える。たぶん、この客が何か質問し、その質問に答うるべく、地図を用意している最中に、この客の方が勝手に電話を始めたのだろう。三十代ぐらいの会社員風の男性で、親しい取引先と電話をしているのか、たわいもない話を続け、「では、その時間までこの辺で時間をつぶすことにします」というセリフを合間合間に繰り返している。当分終わりそうもない。これが彼の「時間のつぶし方」なのかも、と思い始めたとき、受付嬢は、後ろにいる私に微笑《ほほえ》んで、「お待たせしております」と挨拶《あいさつ》をした。私も軽く会釈《えしゃく》を返し、電話はまだ時間がかかりそうだし、先にしていただけるかな、と、デスクに寄ろうとした。その瞬間、こちらに背中を向けていたその会社員風の男性は、その背中の位置を九十度ほど回し（つまり今まで彼もデスクを向いていたのが、背中を軸にしてくるりとデスクに横向きになって）、ぐいぐいと後ろ向きに（つまり、私に向かって）数歩歩いた。私も思わず数歩移動せざるを得なかった。彼はつまり、彼女の視線の先の私を感知し、彼女の目前のエリアから私を追い出したのである。スーツを着た背の高い男性であったが、私の頭の中ではまさにこのとき、カッコウに托卵されたウグイスの巣で、先に孵《かえ》ったカッコウの雛が、まだ目も開かないながら、他の卵を自分の背中に乗せる形でぐいぐいと巣の外に押し出しているあの映像がフラッシュバックしたのだった。それくらい本能的な所作だった。怒るより笑うより、その動物的行動の「基本に忠実さ」加減に感嘆した。

斜め向かい、別の受付嬢の順番待ちをしている客がいたらしく、件《くだん》の受付嬢が、次にその人に視線を移したので、私も彼女の存在に気づいた。疲れた、暗い表情をしていた。さぞかしうんざりしていたのだろう。

受付嬢は、その男性が（私を押し出すため）結果的に自分の前から少し遠のいたのを素早く利用し、彼女にコンタクトを取り、応対を始めようとした、そのとき（今回は邪魔が出来ないと悟ったのか）、その男性は永遠に終わりそうもなかったその電話を、あっという間に「じゃ、そういうことで」と一気に切り上げた。そして受付嬢には一言もなく、さっさとデパートを出て行った。これにもすっかりあっけにとられた。出て行くその背中を見つめながら、頭の中で「怒って行ってしまいました」というナレーションが響いた。受付嬢は落ち着いて見えた。応対を始めたばかりの客にちょっと断り、用意していた地図を手に取り、カウンターを出て、デパートの外を歩き始めたその男に足早に追い付き、地図を手渡し、簡単な説明をしていた。男は機嫌を直したように見えた。こういう客にも慣れているのだろう。放っておけばいいと思うが、放っておくと、あとで「まだ途中なのに後回しにされた」などという苦情の電話を入れられることもあるのだろう。どう考えても、彼女を独占できない状況になったので腹を立てたとしか見えなかった。信じられない子どもっぽさである。

あまり考えたことがなかったが、「受付」というのは、社会に対してずいぶん無防備な窓口なのだ。しかもいやな顔一つせず自分の仕事をこなし、最終的にはどんな客も機嫌よく帰す、というのは瞬間瞬間が真剣勝負のプロのわざである。あの男性が訊いていたのも、デパート関係の質問とは思えなかった。それをあんなに丁寧に対応するのは、デパート側の、社会に対する公共サービスとも言えるものなのだろう。日本のデパートならではの、無料のコンシェルジュのようなものだ。

受付嬢に同情と賛嘆のようなものを感じ、帰ってきた彼女に思わず声をかけてねぎらおうとしたが、言葉に変換すれば「変な人でしたねえ、今の方」というようなものになってしまう。それもまたプロの域に達せ得ぬ、おばさん臭いことだと思い、ちょっと控えた。

こういう「動物臭さ」は、あまり気持ちのいいものではないけれど、「動物臭い」ということは生命力があるわけで、その意味では「力強い」行為なのだろう。

近くの公園の池の中ほどにはハスの群生があり、その周りに杭《くい》が打たれていて、そこによくアオサギやカルガモなどが止まっている。池には鯉《こい》やブラックバスなどもいる。

あるとき、そこに止まっていたアオサギの様子が何となくおかしく、よく見ると、金色の鯉を銜《くわ》え、上にあげたり、水の中に入れたり、呑《の》みこもうとしているらしいのだが、いかんせん、どう考えても相手が大きすぎる。アオサギは日本のサギの仲間の中では最も大きな部類に入るが、それでも、あの丸々太った鯉は無理だ。長いことそうやって難渋していた。

さあこれからどうするのだろう、と散歩の足を止めて見入っていたが、その杭の少し離れたところにある別の杭の上に白いダイサギがいて――ダイサギは、白いサギの仲間の中では一番大きく、アオサギとほぼ同じ大きさだ——これもまた私と同じような興味を持ってずっと見ていたらしく、そのうちふわりとアオサギから一つおいた杭まで飛んできて、しみじみとその奮闘ぶりを見ていた。食べ残しを狙《ねら》っている、なんてことは、サギの場合、ない。丸呑みするから。ダイサギはそのとき、単なる純粋な好奇心に突き動かされ、興味しんしん、といった感じでしげしげと見ていたのだ。

アオサギはやはり疲れたのか、とうとう途中で鯉を水に放した。

あの鯉はまだ大丈夫だろうか。

そちらも気になったが、首をすくめて動かなくなったアオサギからも依然として目が離せない。

もっと小さな鳥が、似たようなシチュエーションになったとき、毛繕いなどをして、照れくささや恥ずかしさをごまかすのをしばしば見たことがあるが、そのアオサギは余程疲労困憊《こんぱい》したのか、何でこういうことになったのか反省しているのか。老僧が瞑《めい》想《そう》に入ったように微動だにしなかった。その達観した様子、枯淡の境地と言った感じが良かった。

ダイサギも同じように首をすくめてそれに付き合っている。同情しているようにも、共感しているようにも見えた。

その二羽の様子が無性に好ましく、いいなあ、と思ってしばらく見つめていた。こんな「在り方」も「動物らしさ」の範疇《はんちゅう》に入るのなら、何となくうれしい。

26　生まれたての気分で発見する

育休中の編集者の方が、赤ちゃん連れで遊びに（仕事も兼ねている）来て下さった。赤ちゃんはようやく寝返りが打てるようになったかという月齢。座布団《ざぶとん》を二枚並べ、タオルケットをたたんだものを敷いて、その上にそっと仰向けに寝かせていると、いつのまにか体をひっくり返そうとしている。赤ちゃんというものは、何しろ世の中の見るもの聞くもの触るもの、すべて新しく、もちろん身ごなしについてもまったくのビギナーだから、新しい技の熟練を目指して暇（？）さえあれば研鑽《けんさん》に余念がないのだ。寝返りという技に関して彼女はまだ進化の途上らしく、さかんにトライするものの、その六割ほどは完全な「腹ばい」状態に至らず（軸にして回った側の腕を体の下から引き抜けないで）斜めの状況で止まってしまう。フリーズしたまま彼女が何を考えているのか。「あれ？」という感じなのか。自分の体の様子を見ているのか。その姿勢であり続けることを味わっているのか。ほとんど瞑想《めいそう》に近い脳の状態なのかも知れない。

　そのうち（といってもすぐ）横にいるお母さんが気づき、すかさず体の下になっている腕を引き抜いて、手足がバタバタ動かせる、完全な「腹ばい」状態にしてあげる。時折、偶然自力で「腹ばい」状況が出来ると、得意そうにこちらを振り向きつつ、声は出さずに、「ふふ、見た？」とにやりとする。思わず、すごいねえ、と心から感嘆する。

　機嫌がよくなると、仰向けのまま、空中に向かって「プア…プウブウ…」と独り言を言うらしい。お母さんの方と仕事の話をしているときに、私の耳がふと、横で寝かされている赤ちゃんのこの微《かす》かな独り言をキャッチした。思わず、指を唇に当て、話を中断し、その声に聞き入った。まるで滅多に出会えない美しい鳥の貴重な囀《さえず》りを耳にしたときのような畏《おそ》れ多い気持ちと、聞かせていただいたという感動に似たものが湧《わ》き起こる。

　そのうち赤ちゃんの動きがだんだんゆっくりになる。瞼《まぶた》の開け閉めのスピードも、瞳《ひとみ》が焦点をぼんやりとさせていく具合も、思わず息を詰めて見つめてしまうほど、目に見えて変化していく。

窓の外では、キジバトが、デーデッポッポー、デーデッポッポーと鳴いている。若いお母さんと私の視線の先は、赤ちゃんに集中して、その僅《わず》かな動きを見つめている。私はすっかり赤ちゃんに見とれている。お母さんの方は赤ちゃんを見慣れているので、見とれるのが半分、あとの半分は、(たぶん) よしよしこのまま寝てくれたら、心置きなく仕事の話に集中できる、と思っていらっしゃっただろうと思う。

ああ、もう、あなたは眠りの国へ行くのね……といっしょにそちらへ誘われそうな気分になっていると、本人もこの場(における現実の世界)とのお別れが近づいてくるのが分かるのか、最後に残った力を瞳に込め、お母さんを見、それから頭を少し動かして私を見、またお母さんを見、私を見、して、その瞳からどんどん力を抜いてゆき、そして最後にすぅと寝息を立てて、両てのひらを軽く内側に結んで、柔らかな美しい寝顔をつくった。なんというか、この世のすべてに安心して身を任せ切っているのであった。

赤ちゃんの目の動きや、その変化に自分の気持ちを同調させていると、「この世に生まれたての頃の気分」というものが甦《よみがえ》ってくるような気がする。時間の流れがいつもと違う。大げさに言うなら、時間の流れている、その一瞬一瞬の音が聞こえてきそうなのだ。空中に浮かんでいる塵《ちり》の一つにも、じいっと見入っていた頃が自分の中にかつてあったこと、そして今もあることを思い出させてくれる。

いっしょにしては申し訳ないような気もするが、以前、友人の家でゴールデン・レトリバーの仔犬《こいぬ》が六匹生まれた（そのうちの一匹が我が家の犬になったのだが）。みんなそろって目の開かないハダカモグラのようにピンクだった。やがて次第に四肢が動かせるようになり、あるとき耳の後ろがかゆかったのか、そのうちの一匹が初めて後肢を使って耳の後ろを掻《か》いた。「まあ、生意気に、一人前の犬みたいに！」と、友人は、可愛《かわい》くてたまらない、というように感動の声を上げた。それ以前は、かゆくても別の仔犬に体をこすりつけるとかしていたのだろうが、ある日突然、後肢がそう使えることを「発見」したのである。

どんな気分だっただろうか。

両肢を使って這《は》うように前進することも「発見」した。誰かが（なんとなく）あてもない旅へ出発すると、六匹全員、次々と後へ続き、一列になってもごもごと動き、けれど加減も知らないので、しばらくすると突然電池が切れたように先頭の一匹が動かなくなり、体力のほども同じ以下全員が、行き倒れのように一列縦隊のままその場で眠り込んでしまったこともあった。文字通り、体を張って、世界と自分との関係を探っていたのである。

以前、熊井明子さんが、生まれたての仔猫を引き取られたことがあった。

「仔猫たちを引きとって一週間目、つまり生後二週間目に、ポポの目が開いた。ガーゼのミルクを吸い終って満足気にため息をついて、まじまじと私を見る目の無心なこと。猫の目特有の鋭さはまだ無くて、全体がブルーがかってうるんだ丸い目である。生れて初めて母猫を見る代りに人間の私を見て、どんな気がしているのだろうか。」

——熊井明子『私の猫がいない日々』(千早書房)

そのときインプリンティングも起こったのだろうが、ポポはこれ以上ないくらいの情愛で熊井さんと結ばれ、「猫ばなれしてみえるほど」熊井さんの気持ちを察した。お座りもお手も覚えた。

「……ポポがこんなに早くお手を覚えたのは、ただ私を喜ばせたい一心だったからに違いない。それは、彼の私に対する親愛の情の証だった。だがポポは、あまり素直に必死にお手をするので、折角教えた芸だが、あまりやらせなかった。もしかしたら自分を人間と思い、私を同類と思っているかもしれないポポを慣らし、芸をさせることが、何だかつらくなったのである。

或る夜、ポポが私の膝にとび乗って来たので、読みかけの本を伏せて抱いてやると、しばらく私の顔をみつめていて、そろそろと前肢をあげて軽く私のまつげにふれた。爪を出さないやわらかいピンクの蹠《あしうら》が今度は私の頬にふれた。

『つるっとしてる！　ずいぶん大きいな』

そんなことを思っているのか、小首をかしげてフウと小さくため息をついた。それから、『どことなく変だよ。でもやっぱりこれ、ぼくのママなのかな』とでも云うように、短くニャ、ニャと鳴きかけては、私の顔をみつめた。」――同

読んでいると、ポポはもう、そう考えていたに違いない、と思われてならない（彼はその後、熊井さんへの信頼を露だに揺るがすことなく、「清らかな仔猫のまま」亡《な》くなってしまうのだが）。生まれたばかりの猫の目線で、説得力を持って世界を語ることができるのは、筆力もさることながら、やはりそのとき、ほとんどポポと一体化して、「生まれたて」の気分になっておられたに違いない、と思う。ポポだけでなく、熊井さんの側の愛情の深さまで偲《しの》ばれる場面である。

齢《よわい》を重ねても、身近にそういう（生まれたての）存在がいなくても、世界を新しく

感じることができるのは、旅をしているときと、引っ越しをしたときである。生活のすべてを一から始めなくてはならないという点では、旅よりも引っ越しの方がよりそれに近い気分になっているかも知れない。

引っ越ししてしばらくは、見るもの聞くもの皆新鮮だ。家の内部がまず、目新しい。今まで慣れ親しんだ家の動線とは違う動線を、一番効率的な動きのパターンをつくらないといけない。その無意識の作業に、脳はたぶん、常時軽く興奮しているのだろう（しばらくは）。それから近所の郵便局、銀行、食物や生活用品を買えるスーパー、小売店等、日常に必要な場所を把握するための脳内マップの作製にも忙しい。さらに車を運転する人なら幹線道路から町内を走る道路との関係等々。犬を飼っている人なら散歩がてら、近所や公園の草木の植生のチェックも。

私自身、よく引っ越しをした方だと思う。引っ越した当初は毎日かなりの量の日誌をつけたりするが、大体一年半も経《た》つと、日誌へ向かう情熱が薄まってくる。発見するものが少なくなるのだ。同じところに通い続けて得られる類《たぐい》の発見もあるが、見慣れてしまうと、どうしても、新鮮味がなくなる。

引っ越しは、新しい本を読むことにも似ている、と思う。隅から隅まで読み尽くすと次の本が読みたくなる。前の本が嫌になったわけではないのだ。読み終わった本は感慨をもって本棚に納めておき、そして新しい本が読みたくなる。どの本も大切だがそれぞれの本の良さを語るためにも、別の本を知っておかなければならない気になる。だがもう、引っ越し歴もそろそろ終わりを迎えているような気がしている。やはり体力のいる仕事なのである。

「見るべきほどのことは見つ」と言って死を迎えたのは平知盛《たいらのとももり》であるが、確かにそういう心境になることもある。歳《とし》をとったせいばかりでなく、ずいぶん若い頃からそうだったような気がする。何も世界中隈《くま》なく回らなくても、あらゆることを経験できなくても、そういう「見るべきほどのことは見つ」という感慨はふっと湧いてくるものなのだ（考えれば不思議だ）。そういうとき、生に対する執着は薄まっているのかも知れない。世界に新鮮味が感じられなくなっているのだろう。これもまた、「発見するものが少なく」なっているのだ。

けれどこれも晩年に起これば（それは人それぞれ違うだろう）、生命の変容の次のステージを迎えるための自然な変化だろうし、何も自然に抗《あらが》ってまで無理に気持ちを若く持つ必要もないのではないかと思う。そのときそのときに見える景色は、春や夏ばかりでなく、秋や冬でも美しい。生への執着がほぼ消えた頃、この世を去る、というのは理想のタイミングではないか。

と普段は思っているものの、こうやって赤ちゃんに会えたりすると、世界を新鮮に感じるっていいなあと、すっかり「生まれたて」の気分に、また、なるのだ。

27 変えていく、変わっていく

水生植物図鑑でよく見る、オモダカという植物が好きだった。水面からすうっと伸びた茎、その先についている、高さのある二等辺三角形の底辺から鋭く切り込みを入れた（鏃《やじり》の）ような葉が、そこはかとない、緊張感を漂わせ、しかも凜《りん》とした涼やかな風情《ふぜい》を持っている。花もまた、何の媚《こ》びもない純白で、三枚だけの花びらが、清々《すがすが》しい。

もともと山深い寒冷地の水辺にひっそりと自生していた植物で、滅多にその姿を見られないという珍しさもまた、巷《ちまた》の猥雑《わいざつ》さを遠ざけた気高さを、印象付けていたのだろう。そのイメージが好まれてか、武家の家紋のモチーフとしても知られている。

その清楚《せいそ》なオモダカが、近年、九州地方まで生息域を南下させ、各地の水田に異常発生しているという。

主な原因は、水田で同じ除草剤が使われ続けた、ということにあるらしい。駆除される雑草側にあるオモダカは、その除草剤が効果をなくすよう、なんと、自らの遺伝子を変異させたのだ。楚々として、武士は食わねど高楊枝《たかようじ》的な、孤高のイメージのあったオモダカは、最終兵器のような除草剤や気候変動などに、種の存続の危機をひしと感じとったのだろう。非常事態宣言がなされ（たぶん）、遺伝子の変異などという離れ技をやり遂げた後は、すっかり別人格（？）となり、「猛々《たけだけ》しい雑草」として臨戦態勢に入り、全国制覇をもくろんでいるようなのである。

アメリカでは、これもまた強力な除草剤に対抗するため、本来植物の持たなかった、（動物における肝臓のような）解毒《げどく》作用を持つ雑草が出現し、大繁殖しているらしい。

生物だなあ、と感嘆する。

これまでの在り方ではもう、立ちゆかないとなったら、生きるために、自分自身の体の仕組みさえ変えていくのだ。

太古の昔、初めて藻のようなものが出現し、その葉緑素が酸素を吐き出すまで、地球に酸素はなかった。突如発生した酸素は、そのとき地球上のほとんどの生物にとって有毒であった。史上最強の毒ガスのようなものである。それを処理するミトコンドリアを体内に取り込むことによって、酸素を有効利用することが出来、生物は進化してきたのだった。考えようによっては、綱渡りのような、奇跡の連続だ。

ところで今年（二〇〇九年）八月、静岡で大きな地震が起こり、その影響で東名高速道の牧之原サービスエリア付近が一部崩落した。昼夜を舎《お》かぬ復旧作業でその五日後、開通したけれど（私はちょうどその再開の数時間前、未《いま》だ工事中の上り車線をちらちらと見ながら、先に開通した下り車線を車で走っていたのだが）、当面の間はその辺り、時速五十キロの速度制限で走らなければならなかった。

一度ダメージを受けた箇所にはそれなりのケアが必要で、その箇所が、以前と同じように全体の中で滞りなく機能していくためには、けれど以前と同じようなやり方では、もう追いつかないのだろう。

そのまま（途中フェリーも使い）南下を続け、九州の、高千穂の峰を望む山小屋へ向かう。ここへ通うようになってから二十年が経《た》つが、今回はやらなければならないことがあった。鹿児島大学病院・霧島リハビリテーションセンターの見学である。

センター長の川平和美《かずみ》教授が提唱する「川平法」には以前から興味があったのだが、いよいよ詳しく教えていただく必要が身近に起こったのだった。まだ年若い友人が、脳梗塞《のうこうそく》を起こしたのである。その小さな戦士とも呼ぶべき闘病のようすを聞くにつけ、無力ながら何か役に立てることはないかと願わずにはいられなかった。

実は縁あって、川平教授の夫人と親しくお話をさせていただくようになってから十年以上になる。御夫婦それぞれ、お会いするたび嬉《うれ》しくなるようなお人柄で、その描写に紙面を割くゆとりがないのが残念だけれど（ご夫君のそれについては、川平法そのもののユニークさと関連することなので、後で少し述べるけれども）、今回そのメソッドの一端に触れ、リハビリテーションとは、単なる機能回復ではなく、今まで知らなかった自分自身に出会う、驚きと発見に満ちた、人の営みそのものへの直視なのだと、しみじみ思い、とても感銘を受けた。

そして、初めはそのようにプライヴェートな理由からの「見学」であったのだが、この情報を少しでも紹介することで、どなたかの役に立つことがあれば、と思い立った。

全般的に言うと、現在のリハビリテーションは、思い通りに動かせる方の手足を更に強く鍛えていくとともに、できるだけ早い段階から（脳の可塑性《かそ》が一番効果的に働く時期に）麻痺《まひ》した手足を使っていく、という療法が主流らしい。患者本人が試行錯誤しながらも「とにかく動かす」ことで、いつかは本人の意図した動きが出来るように目指す、という趣旨らしいのだが、それにはどうしても麻痺した側の手足に、無駄な動きが現れる。

試行錯誤に付きもののそういう「無駄な動き」をいくら繰り返しても（軽い麻痺なら改善がみられるとしても）患者本人の苦労や負担に見合うだけの効果が得られるか、川平教授は疑問視する。「脳は、やったことしか覚えないから」。

それよりも本人が意図した動きに必要なだけの、大脳皮質から筋に達する神経回路を的確に興奮させる刺激を、外部からピンポイントで与えること。起こった地震で一旦《いったん》「崩落」したようなその回路を、新たに最も迂回《うかい》の少ない別ルートで繋《つな》いでいく、そしてそれを反復強化させて強固な回路にしていく。その刺激のピンポイントを外さないようにする。

ピンポイントを外す、とはどういうことか。

例えば見学の途中、教授が私の腕の肩への付け根を指で軽く、ポンポン、とタッピングし、それとほとんど同時に、「はい、腕を上げてみて」と言われたことがあった。そのとおり素直に上げているつもりでも、その腱《けん》へのタッピングの箇所が少し移動するたび、腕は内側、外側、と、私の思わぬ方向へ向かうのだ。しかも、教授のもう一方の片手は予《あらかじ》めその動きを予期して、そちらで待ち受けているのだから（暗示ではない、私は腕を上げる時点では教授の片腕がどちらにあるか分からない）、確信的なのである。特定の動きを引き起こしやすい刺激を外部から与える。繰り返しそれを反復することによって、患者が、意図した動きをより正確に実現できるよう、さまざまな工夫がなされている。こういう精緻《せいち》さもまた、川平法の特徴である。

これまでにも、治療者が患者の傍らで腱に刺激を与え、無駄のない動きを促しつつ訓練する「促通法」と言われるものはあったものの、工夫が少ないことや（とくに各々《おのおの》の手の指に関しての促通は皆無であったらしい）、反復回数も少なかったりして（そういえば昔、教授との何気ない会話の中で、剣道で何百回も素振りをすることの「大切さ」を、説かれたことがあった。筋をこう動かしたいと思うときの、目的とする神経回路の強化、ということであったのだ、と今にして思い当たる）、はっきりした有効性の実証は難しかったようだ。

脳卒中の発作後、左右の眼球の動きが連動せず、一般的に見たら「ちょっと強力な斜視」のような形で障碍《しょうがい》が残ることがあるが、このセンターでは、そのために独自に開発された促通法を用い、数週間の治療でかなりの改善がみられるらしい（見せていただいた、治療開始前、治療終了後の写真の変化に驚く)。

このように明らかな有効性を持つと思われる川平法は、例えは悪いかも知れないが、同じ促通法であっても、オモダカがスーパーオモダカに変わったような革新性があるといえるのかも知れない。


もともと鹿児島大学医学部附属病院の、霧島分院であったこの病院にリハビリテーション部が開設されて三十年、(リハビリテーション医学講座の設置に伴って)新たにセンターとなってから二十年になる。三十年前の開設当初、スタッフがなかなかそろわなくて——一人は育休中であったり——川平教授は、毎日五十床もの患者のリハビリを、ご自身を含め、二人で受け持たざるを得なくなった。

自ら患者に施すリハビリ治療のため、毎晩筋肉痛で疲れ切って帰宅する夫君のお仕事の大変さを、以前に夫人から漏れ聞いたこともあった。当時は、川平教授の具体的なリハビリテーション・メソッドを知らずにいたのだが、今思えば、そういう疲労困《こん》憊《ぱい》の日常の、実践的な治療の現場から、高い確実性を持って導き出されたメソッドであったのだった。

見学させていただいた訓練室では、若いPT(理学療法士)の方々が、リハビリに専念されている個々の患者の傍らで、何百回と続くタッピングをもくもくとこなしていた。脳卒中を起こしてから二ヶ月目だというある患者の、上げ下ろしを繰り返す足の動きは、けれどもまったく麻痺があるようには見えない。というのも、無駄な動きの極力出ない姿勢（この場合は仰向け）で、腱のある箇所に刺激を与え続けているからであるけれど、なるほど脳はこの回路を「使える道」として自らに刻み込んでいる最中なのだ、ロスの少ない、実用的な、「まっすぐな」療法だと納得した。

もともと川平教授ご自身、何に対しても、「まっすぐな」方だということは、少ないお付き合いの機会の中でも感じていた。例えば以前、鳥類学者の樋口広芳《ひぐちひろよし》教授に、霧島で見た珍しい鳥のことを報告していたとき、「……霧島といえば、ずいぶん前、行ったことがあるなあ……。お医者さんに講演を依頼されて……」と述懐されたので、もしや、と閃《ひらめ》くものがあり、「それは川平和美先生では？」と訊《き》くと、「そうそう」と懐《なつ》かしそうに頷《うなず》かれた。当時、樋口教授は小枝等を利用して（フライ・フィッシングのように）漁をするササゴイのことを発表しておられた。川平教授は是非それを関係する集まりで話してもらいたいと思われ、行動に移されたのだ（空港まで迎えに行かれたのは夫人だった）。思いもかけないところで、知人の、いかにもその人らしい逸話を聞かされるのは、パズルの一片がピタッと嵌《はま》ったような、不思議な快感だった。

また、患者の「生活の質」の向上を常に一番の課題とし（退院していく患者の、その道中が心配で、後を付いていきたいという衝動に駆られることがあります、と呟《つぶや》かれたこともあった）、それが疎《おろそ》かにされるような政府の施策には真剣に憤《いきどお》ってもおられた。

そしてこのメソッドがそういう提唱者の気質に似て、とてもプラクティカルであると思うのは、患者の身近にいる家族が、このメソッドを学べば、（負担のかかる）通院や入院をしなくても、家庭で「反復強化」訓練が出来るところである。

身近にいる、病いで闘病中の人々を思う。

生物は、我が身に降りかかった危機的な状況を、どうにも避けられないものとしながら同時に（誤解を恐れずに言えば）「チャンス」のようにも捉《とら》えて、もっと創造的に、また内省的にも、自らを「変えていく」可能性を持っているように感じられ、それは単に「以前と同じ機能を回復する」というだけでは語れない、「変わっていく」過程のように思える。敬虔《けいけん》な思いに満たされる。

28 どんぐりとカラスと暗闇《くらやみ》

ここ十年で最大ともいわれていた暴風雨が去り、文字通り台風一過の午後、薄青の空はどこまでも高く、大掃除の済んだあとの窓硝子《ガラス》のように透明に澄み渡っていた。けれどその下、私の住む集合住宅の前庭の、二本のマテバシイの木の下は、無残、ともいうべき状況で、小枝と葉と、そしてどんぐりが散乱していた。このままだとどんぐりは出入りの車につぶされるばかり。そうだ、この機会に、と、どんぐりを収穫した。

マテバシイの実はシイの実と同じく、おいしい。ただ、殻が硬いのと、シイよりは少し、アクがあるので、先に茹《ゆ》でて、それから炒《い》るのがいいように思う。茹で上がった段階でもう、亀裂《きれつ》が少し、入っている。皮が柔らかくなって、同時にアクもとれている。それを掬《すく》い上げて軽く水気を切り、塩をまぶすようにして、厚手のフライパンに入れ、火をかけて蓋《ふた》をし、しばらく放っておく。ゆとりのあるときは、蓋をしたままフライパンの取っ手を握ってゆすってあげる。その辺りにいて好きなことをしながら、どんぐりの気配にアンテナを合わせておく。なんだかもぞもぞしてきたら（具体的には、どんぐりが動き出したり、殻が割れる音がしたり）出来上がり。亀裂が大きく入り、中身が取り出しやすくなっている。ところどころ真っ黒に焦《こ》げているのが香ばしい。縄文時代の狩猟採集の気分が、半分（採集、の部分だけ）、味わえる。同じマテバシイでも、生えている場所等により、個性がある。日当たりのいい所で元気よく育っているものだと、アクが強いかも知れないので、茹でるときに少し重曹を加える。

秋の風を感じながら腰をかがめて拾っていると、台風の間どこに避難していたのか、いつものカラスがやってきて、また何をしているんだろう、と言わんばかりに私を見つめている。あら、来たのね、あんたも無事でよかったね、と話しかける。

カラスと言えば、ずいぶん前に、ある編集者から聞いた話がある。彼女のマンションの近くには、いつも明け方になると、ガラガラと窓を開け、大声でカラスと挨拶《あいさつ》し合う男性がいるのだという。最初のうちはびっくりして起きてしまっていたけれど、慣れてしまうと、ああ、今日もカラス男さん、元気だな、と夢うつつで確認してまた寝てしまう、のだそうだ。私はその話が好きで、いつも、彼女に会うたび、「カラス男さん、お元気ですか」とその後の動静を聞かずにはいられなかった。けれど、彼女は最近、その界隈《かいわい》を引っ越してしまった。知っているのについ忘れて、そのことを聞くと、「ああ、カラス男さん」としばらく遠い眼をなさる。

カラス男さんは、自閉症の方ではなかろうかと勝手に推測しているが、彼が元気よく、カラスと渡り合う（？）日課や、地域の人々も、ちょっと困ったなあ、と思いながらも受け入れている感じが、なんだかとても好きだった。

自閉症と言えば、最近、自閉症に生まれついて、文章で自分の生きている世界を表現される人々が増えてきた。自分のいる世界を読者に分かってもらうため、「もしあなたが宇宙人の星に降り立ったら」という比喩《ひゆ》を持ち出す人も多い。

もし自分一人そういう星に降り立ったら、周りの宇宙人（自分以外の人間のこと）が何を欲しているか分からない、彼らのとっている行動の意味が分からない、自分が何を要求されているのかも分からない。怖くてたまらない。とにかく目を合わさないようにしよう、できるだけ関わり合いにならないようにしよう……そういう思いになるのではないか。自閉症者にとって、周りの人間はそういう「宇宙人」のようなものなのだ、もしくは自分が宇宙人で、周りの地球人は、自分にとっての宇宙人なのだ、と彼等は訴える。

世界を支配している論理、常識が、まるで分からないという恐怖が、彼らのパニックの根本にあるとしたら、人ごととは思えない。痛ましくてならないのは、人ごみで大声を出したり暴れたりしてパニックになっている彼らに出会うときだ。彼らが幼児の場合、たいてい、付いている母親が、周りの無言の攻撃を受ける。「躾《しつけ》がなってないからだ」「何であんなことをさせておくのだろう」「親は何をしているのか」「こんなに社会に迷惑をかけて、よくも平気でいられるなあ」等々……。親は、子どもの辛《つら》さ、やるせなさを思いやっての心労とともに、そういう圧力にも耐えなければならない。疲れ切って無表情のように見える親もいるだろう。すると、「あんな親がこんな子をつくるのだ」「親があんなだから子どもがこうなるのだ」と、周囲は簡単に因果関係をつくってそう思いがちだ。けれど当事者の事情は当事者でなければ分からない。

自分の理解できない世界を受け入れるというのは、どっちの側にとっても——自閉症の人々にとっても、そういう親子の内情を知らない人にとっても——大変なことだ。

自分の理解できない世界と言えば、日本のかつての村社会には、そういうものを徹底的に排除する心性も、一部にあったようだ。

「……村の中のすぐれた知識をもっていた者が、その知恵を発揮したために、かえって将来をおそれられて殺されたという話は、かつてよくきいたところであった。その一つにこんな話がある。あるところで、大きな梵鐘《ぼんしょう》をつくったが、それを吊《つ》りさげることができない。困っていると、村の子供がきて、まず梵鐘にあわせて鐘楼をつくり、鐘の竜頭《りゅうず》を梁《はり》につないでおいて、鐘の下の土を掘ってゆけば梵鐘はおのずから吊りさがることになるではないかと教えた。村人たちはなるほどと思って、そのようにしてみると容易に鐘を吊りさげることができた。しかし、そのような子供は将来なにをしでかすかわからないと考えて、村人たちはその子供を殺してしまったという。

これに似た話はいくつもある。—略— しかしさらに考えるとき、村の秩序の維持は、村民が同じような感情と思考の上にたつことが何より大切であると考えられたことに、このような話が数多く語りつたえられた原因がある。」

——宮本常一《つねいち》『庶民の発見』（講談社学術文庫）

確かにそうやって結束しなければ生きていけない村落の事情もあっただろうけれど、それだけではなく、こういう「梵鐘事件」の裏には、嫉妬《しっと》や悔しさ、出る杭《くい》を打ちたい衝動が、意識化されない暗闇で働いている気がする。人間というのはそもそもこの暗闇を抱え、暗闇に翻弄《ほんろう》され、右往左往するように生まれついているものなのかも知れない。会社のチームの中で、能力のある若者が疎《うと》んじられる、あるいは、その功に見合った報奨が受けられない、という話は、年功序列を大切にした、昔の日本型の企業経営の中ではよく聞かれた。それは時代のニーズに合わない弊害であると、一時期敬遠されたが、最近また、能力主義ではない、家族的な温かさの良さも見直されてきつつあるそうだ。何ごとにもいい面と、行き過ぎては毒になる面があるのだろう。暗闇をどう処するか、という問題は大きい。

暗闇と言えば、「昔の日本家屋には、もっと暗がりがあった、今はどこも明るくて無駄のない設計になっていて、かえって子どもの情緒を育《はぐく》み損ねているのではないか」、という意見が、以前よく取り沙汰《ざた》され、なるほどと思ったものだ。暗闇は確かに怖いが魅力的でもある。その魅力を否定して、隅々まで蛍光灯の明かりが行き渡るような、コンビニエンスストア的な明るさを好む人たちが、確かにいるのだ（私の身近にもいる）。すべてがクリーンで分かりやすく、整然としていることに無上の価値を置く人々。管理者階級に多いと思われるそういう人々は、全部が自分のコントロール下になければ落ち着かないのかも知れない。
日本の野山にオオカミが跋扈《ばっこ》していた頃、夜に山越えをする人たちはその遠吠《とおぼ》えにおののいた。暗闇でオオカミの目が光る恐ろしさを語り伝える文章も何度か読んだことがある。それを駆逐しようと躍起になった人々のおかげでオオカミは絶滅し、暗闇の恐ろしさは大幅に減った(――が、物語世界は大打撃だ)。

回り回って、迷惑なのはカラスである。その暗闇を象徴するような風貌《ふうぼう》と、他から苦々しく思われそうな、抜きん出た知能の高さ、都市の景観を汚し(ゴミ漁《あさ》りで)クリーンから程遠いものにする、など、ここまで延々述べてきた、人に疎まれる条件をすべて兼ね備えている。

私もひと気のない狭い路地で、両脇《わき》の家々の庭木や塀の上に止まったカラスの集団にじろじろ見られ、オオカミほどではないだろうけれど、鬼気迫るものを感じたことがあった。知り合いは、脚で頭を蹴《け》られそうになったし、実際に蹴られた人もいる。ある友人など、ジョギングをしていたら、通りの向こう側を歩く青年の、背負ったデイパックにぶら下がる何かを、背後から音もなく飛んできたカラスが、そっと盗《と》っていったのを見たという。盗られた本人は全く気づかずに歩き去った。辺りに人はおらず、見ていたのは友人一人。日本語に不如意《ふにょい》な外国人だったので、目を丸くしながらも、それを本人に伝えることができなかったらしい。「その、カラスが盗っていったものはなんだったの?」「わかんない」「凄《すご》く魅力的だったんでしょうね、カラスにとって」「たぶん」「盗られた人は、それを失《な》くしたことに気づいても、まさかカラスが盗っていったとは思わないでしょうね」「絶対思わない。目撃者は僕だけ。狙《ねら》われるかも知れない」

なかなかの「不良」なのだ。それでもまだ、集団で人を襲うまでには至っていない。この程度の不気味な存在が都市に生きていることは、何か人の心にも必要なことのような気がする。不気味で「不良」だからといって、殺して始末すればいいとするのはあまりにもヒステリックで短絡的な所業だ。けれど近年、捕獲箱などという事実を隠ぺいした言葉で、ジェノサイドまがいの大量虐殺《ぎゃくさつ》をもくろんだ罠《わな》が仕掛けられるに及んだ。増えたカラスを殺して何が解決するのか。

あんたもよく生き残った、と、心の中で、カラスに話しかける。この近くにも捕獲箱が設置されたのである。このカラスは、私の犬にはちゃんとワンワンと話しかけるなど、相手に応じた、繊細な振る舞いをする（散歩の途中で出会った子どもが冗談でワンワンと言っても、発音が悪いのか犬は相手にしないが、このカラスの犬語にはちゃんと返事をし、しばらく両者で会話が成立する）、高い文化レベルの持ち主でもある。滑り台を何度も繰り返し駆け下りて遊んでいるところも見たことがある。そういえば、どんぐりをくわえて、公園の石垣の石の隙間《すきま》に一つずつ埋め込んでいたこともあった……と、思い出し、そうか、どんぐりが欲しいのね、と、私はようやくどんぐりを拾う手を止めた。彼がその後、残ったどんぐりを拾ったかどうかは、見ていないので分からない。

カラスでなくても、一寸先には何が仕掛けられているか分からない世の中だ。新しい時代の「暗闇《ひる》」。

それでも怯みながらも手探りしていれば、食べられるどんぐりを見つけることがあるかも知れない。一つや二つ、食べられないどんぐりに当たったとしても、ただ嘆いているよりは、その方が、どんなに楽しいか知れない。

長い間、お読みくださって、ありがとうございます。

あとがき

このエッセイ集に収められたエッセイは、二〇〇七年から二〇〇九年までの三年間、雑誌『ミセス』誌上で連載されたものだ。タイトルの『不思議な羅針盤』は、ミセス編集長の岡崎氏からの提案である。自分以外の誰かに自作のタイトルを決めてもらうのは初めてだったが、私はそれを聞くとすぐに連載を引き受けたい気分になった。私自身どこか心の深いところで「羅針盤」が欲しかった、ということもあるのだろう。

連載の話があった当時は、政治家による「自己責任」発言で日本社会が狂奔したかのような状態になった、その記憶も生々しい頃で、同じく（同一人物ではないが）政治家による「教育のための徴兵制」発言もあった。あまりにも急激な右傾化。いったいこの社会はどうなって行くのだろう、という危機感が、私の中でひどく強まった時期であった。月刊誌の連載、というのは、その時々の事象（社会的、個人的両方）に比較的タイムリーに自分を反映できる気もした。

だから、連載の最初の方はそういう憂《うれ》いが強い。今現在とは少し、社会の空気感が違うので、戸惑われる向きもあろうかと思われたが、自分の中の記録という意味でも、敢《あ》えてそのまま単行本に入れさせていただくことにした。

婦人誌の連載、というのもこのときが初めての経験で、対象読者はちょうど私や私の友人たちと同じ年齢と思われた。当時友人が悩みごとを抱えて電話してきたり、食事に行ったりしたことが多かったので、その続きのように原稿を書いていた。なんだか同じ年代の女性たちとおしゃべりしているような感覚だった。これもエッセイを書くときの「心もち」としては、今までにないことであった。実際、友人の何人かには、「いつも美容院で読んでいる、お互い忙しくてなかなか会えないけど、近況を話し合っているような気分になる」と言われた。

憤《いきどお》ったり寂しかったり納得したり、何かを愛《いと》しんだり発見して感激したり嬉《うれ》しくなったり、羅針盤と言うよりはまるで万華鏡《まんげきょう》のような色合いになったが、これはこれで、そういうものとして楽しんでいただければ幸いである。

ミセス編集部の岡﨑成美さん、松丸千枝さんには、連載中、とてもお世話になりました。書籍編集部の浅井香織さん、装幀《そうてい》家の鈴木成一さんには、心に、新しい、不思議な力を貰《もら》うような本づくりをしていただきました。深く感謝しています。

二〇一〇年十二月

梨木香歩

文庫版あとがき

文庫版の校正のため、久しぶりに本書に目を通した。雑誌に連載していた当時から八年ほど経《た》ったが、「サステナビリティー」ということばは、その頃危惧《きぐ》していたほどには人口に膾炙《かいしゃ》しなかった。消費社会の中で本来消費とは全く別のコンセプトをもつこのことばが、獰猛《どうもう》な商業主義に取り込まれていくことを怖れていたのだろうが、さすがにそうならなかったのは、社会に節度があったせいか、それとももう、経済にそういうエネルギーが残っていないのか。

「個性的なリーダーに付き合う」という章を読み返していると、それがまさに今現在のことだと暗澹《あんたん》たる思いになる。「……たとえば国のリーダーが、どう考えてもばかしい政策を掲げたときにはどうしよう。従うのか、意見するのか、見限るのか」。

単行本を出した頃には、その切迫感も少し和らいできたのか、あとがきに「当時は……」などと説明している。それが昨今また、以前にも増して国の先行きに危機感を感じる世の中になってきた。もう、これ以上「あとがき」を書く機会はないだろうが、さらに後年、読み返したときにはどういう感慨をもつのだろう。

けれどもちろん、今も昔も変わらない「自分らしさ」——良くも悪くも——というものもある。これは「変わらない」というより「変われない」のだろう。単行本版のあとがきで書いたように、万華鏡《まんげきょう》のような文章だけれど、ひとときを楽しんでいただけるものであれば、これにすぐる幸福はない。

新潮文庫版では、同社の川上祥子さん、大島有美子さんにお世話になりました。心から、お礼を申し上げます。

二〇一五年七月

梨木香歩

梨木香歩さんの『不思議な羅針盤』を読む

平木典子

一

『不思議な羅針盤』は、梨木さんのごく日常の姿が伝わってくるエッセイ集であると同時に、実は、梨木さんの作品のテーマをそこここに発見する語りでもある。野山や露地でひっそりと芽吹き、花をつける草花や身近で接する小鳥たち、そして身の回りにあるものや日常の出来事に託して綴《つづ》られる気づきや思いは、ときに入り組んだり、遠回りしたりするのだが、読後にはある種の透明感が残る。

二

エッセイは、散歩していて草花の中に見つけた貝母《ばいも》という花への思いから始まる。貝母は、一本でも真《ま》っ直《す》ぐに、数本集まると互いに絡《から》み合い、支え合って生きるという。今という時代が求めている「持続可能性（サステナビリティー）」のある生活は、楚々《そそ》として寂しげな貝母の生き方にもなぞらえることができる。「頼るもののあるときは頼り、支えのないときは一人で立つ」生き方。「自分に無理を強いない、生活バランスのための羅針盤が備わっている」貝母のような生き方。

私たちの中にもあるかもしれない羅針盤を見つけませんか？　と呼びかけているような始まりである。その誘いは、第2編で、通りすがりに買って植えた由緒《ゆいしょ》不明の一株のクリスマス・ローズが恵まれない環境にも無理な移植にも耐えて、「たおやかで、へこたれ」ずに根付き、生き抜くさまへと導かれる。梨木さんとともに私たちもクリスマス・ローズに自分を重ねて、背中をひと押しされる。

とは言え、私たちの毎日は甘くない。親しみを込めてクリスマス・ローズを「彼女」と呼びながら、さまざまな植物や鳥たちとの付き合いを通じて、梨木さんなりの人との距離の取り方を伝えてくれる。

心地よく感じられはしないけれど、どこか惹《ひ》かれてしまう竹林とは「近づき過ぎず、取り込まれない」で、北帰行前のツルの群れには「ゆるやかにつながる」こと、そしてスズメやドバトとの偶然のやり取りから「近づき過ぎず、遠ざからない」ことなど。托卵《たくらん》するカッコウと他人の子を育てるウグイス、人間の勝手なかかわりにもめげず短い期間を力の限りに鳴くハルゼミ、現実世界を「スケール」小さく豊かに生きている片山廣子。

みんなそれぞれの「本物」を生きている。梨木さんは草むらに慎ましく隠れている小さなスミレのけなげな生き方に憧《あこが》れ、人間が区別してしまう山菜や野生のアスパラガスが深いところで太く繋《つな》がっている出自を探って、「本物の自分を生きるって、どういうことなのでしょう?」と問いかけている。

三

第10編からは、スケールを小さく生きる片山廣子の話の続きのように、梨木さんの、ものを仲介した人との付き合いが語られる。

ある日の新聞集金をきっかけに始まるおじいさんと梨木さんと飼い犬の付き合いは、以後、毎月続くことになり、まれに体験する「見知らぬ人に声をかける」ことの勇気とそれが楽しい会話になったときの二人の勝利。今はもうなくなってしまった「ご隠居となんとなく飲むお茶」と「ソバ屋での昼酒」に象徴される「時を満たす」過ごし方。ボルゾイ犬の野性との闘い方など。そこには、金銭やもののやり取りだけでない「ありがたさ、(ときには)恐縮、会えたうれしさ、細やかな感情のやり取り、ささやかなあるいは、(その人にとっての思いがけない)重要な情報の交換」がある。梨木さんは、ものとの付き合いは、自分と世界との折り合いの付け方の一つの象徴的な顕《あらわ》れだという。

私が最も魅《ひ》かれるのは、特別編「『西の魔女が死んだ』の頃」である。小さい頃に我を忘れて作る泥団子の材料であり、大人になってガーデニングや家庭菜園で「体感」する不思議な安心感、解放感のもとでもある湿り気のある土。ただ、その土は生きものの「なれの果て」であり、ミミズや菌類がいっぱいいながら、「美しいものから目を覆《おお》いたくなるものまで、このサイクルにあるあらゆるものを引き寄せ、生み出していく」。梨木さんは植物や鳥たちと同じぐらい土を慕い、触って付き合っている。

ものとの付き合いの醍醐味《だいごみ》を感じるのがジャム作りと日向《ひなた》の匂《にお》いのする洗濯ものの話。英国でウェスト夫人から直伝されたかもしれないベッド・メイキングの基本とベリーの種類や収穫のときに合わせたご自分の工夫から巧みに作られていくジャム。ピシッとたたまれる洗濯物と折り紙のように皺《しわ》ひとつ残さず織り込まれたシーツに包まれたベッド。手仕事のプロの生業と清々《すがすが》しい気持ちよさが伝わってくる。

と、その後に、栞《しおり》をはさむように大好きな場所をもっていることの大切さが語られて、「シロクマはハワイで生きる必要はない」で、「人間関係にがんじがらめになった子どもたちと分かち合いたい言葉」に託した思いが語られていく。「もう、だめだ、と思ったら逃げること。そして『自分の好きな場所』を探す。ちょっとがんばれば、そこが自分の好きな場所になりそう、というときは、骨身を惜しまず努力する。逃げることは恥ではない。」「自分の全力を出して立ち向かえる津波の大きさが、正しくつかめるときが来るだろう。そのときは、逃げない。」とも伝えて特別編は終わる。

この特別編は、貝母やスミレ、クリスマスローズを思い出させてくれる。『西の魔女が死んだ』（1994）、『裏庭』（1996）で居場所を探し、見つけかけていた主人公が、このエッセイと同時に連載されていた『僕は、そして僕たちはどう生きるか』（2011）では、ちょうど「『いい加減』の群れ」づくりをしたいと思う「僕」になっているように思う。

四

「『アク』のこと」では、早春のウドやフキ、タケノコの「アク」抜きという梨木さんの日常から、連想が「人の心にも否応《いやおう》なく生まれ」「心を染め」「出てくる」「アク」と付き合って生きることの大変さに移る。最後のエッセイ「どんぐりとカラスと暗《くら》闇《やみ》」では、秋に台風に落とされるどんぐり、「人に疎《うと》まれる」賢いカラスにも「一寸先には何が仕掛けられているか分からない……新しい時代の『暗闇』」があることが予感される。「それでも怯《ひる》みながらも手探りしていれば、食べられるどんぐりを見つけることがあるかも知れない。一つや二つ、食べられないどんぐりに当たったとしても、ただ嘆いているよりは、その方が、どんなに楽しいか知れない。」と結んでいる。

五

エッセイ全体を通じてある種の透明感が感じられるのだが、それは樹木・草花であれ、ものであれ、人であれ、梨木さんがひとたび対象に向かうと、五感をフル稼働《かどう》させてそこから大切なものを得ようとするひたむきさからくるように思う。とりわけ、か弱く小さな営みを「慎ましく隠れた金鉱」を見つけたように喜んでいる梨木さんに出会うと、ふと微笑《ほほえ》んでいる自分が居る。また、このささやかさの中に嬉《うれ》しさを感じている人は、決して大げさに語らないけれど、どこかで言い知れぬ悲しみを体験しているかもしれない。

「倫理的でありたい、と願いつつ、それができないことを自覚する人の方が、なんだか『いいもの』のように思えるのはなぜだろう。」という表現から、心理学のことばだが、できる限りジェニュイン（ありのまま）であろう、自分の心や動きをありのまま、ごまかさないで認め、論理やつじつまに合わない現実を受けとめよう、とする心意気が伝わってくる。

現代社会は、梨木さんが予感しているように、自己を雑多なものの飽和状態に陥れ、否応なく選択に追い込み、ときに暗闇に拡散させる。それでも、それを常時としながらもジェニュインであろうとするとき、見失ってしまいそうになる自分の居場所が見えてくる。よくはわからないけれど、不思議な羅針盤はそんな自分の中にあるのかもしれない。

（二〇一五年八月、臨床心理士）

この作品は二〇一〇年十二月文化出版局より刊行された。

不思議《ふしぎ》な羅針盤《らしんばん》

新潮文庫　な－37－11

平成二十七年十月一日　発行
令和　五　年四月十五日　六　刷

著者　梨《なし》木《き》香《か》歩《ほ》

発行者　佐藤隆信

発行所　株式会社　新潮社

郵便番号　一六二―八七一一
東京都新宿区矢来町七一
電話　編集部(〇三)三二六六―五四四〇
　　　読者係(〇三)三二六六―五一一一
https://www.shinchosha.co.jp

価格はカバーに表示してあります。

乱丁・落丁本は、ご面倒ですが小社読者係宛ご送付ください。送料小社負担にてお取替えいたします。

印刷・錦明印刷株式会社　製本・錦明印刷株式会社

ISBN978-4-10-125341-1 C0195